新・御刀番 黒木兵庫【二】

無双流介錯剣

藤井邦夫

双葉文庫

目次

無双流介錯剣

新・御刀番　黒木兵庫【二】

第一話　無双流介錯剣

一

水戸藩江戸上屋敷は、穏やかさと静けさに満ちていた。

納戸方御刀番頭の用部屋の庭先には、木洩れ日が揺れていた。

御刀番頭の黒木兵庫は、手入れの終えた藩主斉脩が所蔵する名刀に鎺を嵌めて茎を柄に納め、目釘を押した。そして、最後の吟味をして白鞘に納め、白鞘袋に入れて隣の御刀蔵に持ち込んだ。

御刀蔵は土蔵造りであり、天井近くに風抜きの幅の狭い窓があった。

御刀蔵には、幾振りもの名のある刀、脇差、槍などが納められており、名刀の放つ異様な冷ややかさに満ちていた。

兵庫は、手入れの終えた名刀を刀掛けに戻し、御刀蔵を見渡した。

御刀蔵には異様な気配が満ち溢れ、名刀の吐く息が微かに鳴っていた。

兵庫は、御刀蔵を出て格子戸を閉めた。

名刀の吐く息が鳴った。


兵庫は、御刀蔵の戸を後ろ手で閉め、背中で名刀の吐く息を聞いた。

「黒木さま……」

御刀番配下の者が、緊張した面持ちで入って来た。

「どうした」

「只今、勘定方で刃傷沙汰があったそうにございます」

配下の者は報せた。

「刃傷沙汰……」

「はい」

「よし……」

兵庫は、勘定方に急いだ。

表御殿勘定方は既に静まり、小者たちによって破けたり血の飛んだ襖や障子が片付けられていた。

目付頭の松木帯刀が、厳しい面持ちで勘定方の者に事情を聞いていた。

兵庫は、松木が勘定方の者に事情を聞き終えるのを待つ間、勘定方の用部屋を見廻した。

壁や柱に刀傷はなかった。

刃傷沙汰を起こした者は、無闇に脇差を振り廻さなかったようだ。

屋内での斬り合いの要領を知る者……。

兵庫は読んだ。

「おう。来ていたか、兵庫……」

松木は、勘定方の者たちから事情を聞き終え、兵庫に声を掛けた。

「帯刀、刃傷を働いた者は……」

兵庫は、少年の頃、松木帯刀と学問所で机を並べていた。

「うむ。既に屋敷から逐電した」

「逐電……」

兵庫は眉をひそめた。

「うむ。勘定方の者共と我が配下の目付たちが追った」

松木は告げた。

「して、刃傷を働いた者の名は……」

「水谷左内と申す勘定方の若い者だ」

「水谷左内……」

兵庫は、初めて聞く名前だった。

「うむ。して、刃傷をされた者は何方だ」

「勘定頭の和田喜左衛門どのだ」

「和田喜左衛門どの……」

「うむ……」

「それで、和田どのの命は……」

「脇腹を刺され、今、藩医の桂田松柏どのが手当てをしているが、命が助かるかどうか……」

松木は眉をひそめた。

「そうか。して、何故の刃傷沙汰だ」

「未だ良く分からぬが、和田どのは何かと口煩いお方でな。配下の者共には厳しかったそうだ。水谷左内には取り立ててな」

「ならば、それを恨んでの刃傷か……」

兵庫は読んだ。

「さあて……」

松木は首を捻った。

「そうか。処で帯刀、水谷左内、剣は何流を遣う……」

「確か直心影流だ」

「直心影流の遣い手か……」

「兵庫……」

松木は、兵庫が水谷左内を剣の遣い手だと読んだのに戸惑いを覚えた。

「屋内での斬り合いは、刀を振り廻すより刺すのが肝要。水谷左内はそれを良く心得ての刃傷だ」

「成る程。それで壁や柱、鴨居に刀傷がなかったのか……」

松木は頷いた。

「それにしても帯刀。それ程、冷静な水谷左内が刃傷に及んだとなると……」

「口煩く罵る和田どのを恨んでの刃傷ではないのか……」

「うむ。水谷は和田どのに口煩く罵られ、かっとなって動くような男とは思えぬ。刃傷に及んだ理由、他にある筈だ……」

兵庫は睨んだ。

「ならば、和田喜左衛門どのを詳しく調べてみる必要があるか……」

松木は、微かな困惑を滲ませた。

「おそらくな……」

兵庫は頷いた。

「松木さま……」

松木配下の目付がやって来た。

「水谷左内、捕らえたか」

「いえ。水谷左内、北ノ天神真光寺界隈で見失い、引き続き捜しております」

「おのれ……」

松木は苛立った。

「松木どの……」

近習頭の佐々木主水がやって来た。

「おお。佐々木どの……」

「殿がお呼びにございます」

佐々木は、静かな面持ちで告げた。

その静かな面持ちから、殿のお気持ちを推し量る事は出来ない……。

兵庫は、近習頭の佐々木主水の老練さに苦笑した。

「心得ました。ではな、兵庫……」

松木は、佐々木と一緒に殿の斉脩の御座の間に向かった。

「水谷左内、北ノ天神真光寺界隈で見失ったのだな」

兵庫は、松木配下の目付に尋ねた。

「は、はい……」

松木配下の目付は頷いた。

「そうか。ではな……」

兵庫は、勘定方を出た。


夕暮れ時。

北ノ天神真光寺の境内は、参拝客も帰り始めて閑散とし始めた。

兵庫は、境内にやって来た。

「兵庫さま……」

小者の新八が現れ、駆け寄って来た。

「どうだ……」

兵庫は迎えた。

「はい。御目付衆、此の界隈に僅かな人数を残し、不忍池と根津権現から谷中に探索の網を広げています」

新八は報せた。

「そうか……」

兵庫は、境内を見廻した。

「はい。水谷左内さま、何処に潜んでいるんですかね」

新八は眉をひそめた。

「新八、水谷左内を知っているのか……」

「知っていると云うか、声を掛けられた事がありましてね」

「声を掛けられた……」

「はい。その方が無双流黒木嘉門さまに剣の手解きを受けている新八かと……」

「ほう。して……」

兵庫は、新八の話の続きを促した。

「そうですと答えると、一度、稽古をしようと誘われました」

「稽古に誘われた……」

兵庫は眉をひそめた。

「はい……」

新八は頷いた。

「そうか……」

水谷左内は、無双流がどのようなものなのか、新八との稽古を通して知ろうとした。

無双流に興味を抱いている男……。

兵庫は、水谷左内の人柄を読んだ。

夕暮れは深まり、境内を行き交うの人影は減った。


黒木兵庫は、新八を従えて小石川御門前の水戸藩江戸上屋敷に戻った。

江戸上屋敷は薄暗く、緊張感に満ちていた。

兵庫は、侍長屋にある家に向かった。

新八は、夕餉を取りに表御殿の台所に走った。

兵庫は、侍長屋にある我が家に入り、燭台に火を灯した。

家の中には、灯された明かりが仄かに広がった。

兵庫は、汲み置きの水で手足を洗い、袴を脱いだ。

新八が、台所から飯、汁、惣菜などを入れた岡持を持って来た。

兵庫と新八は、遅い夕餉を摂った。

「御免……」

兵庫と新八が夕餉を終えた頃、目付頭の松木帯刀が訪れた。

「おう、帯刀か。上がってくれ」

兵庫は、松木を迎えた。

「では、お酒を……」

新八は、兵庫と松木の酒の仕度をして、台所に肴を取りに走った。

「水谷左内は見つかったか」

兵庫は、松木と向かい合った。

「配下の者が行方を追っているが、未だだ……」

松木は、厳しい面持ちで酒を飲んだ。

「そうか。して、殿は……」

「それなのだが、江戸市中で此以上の騒ぎを起こし、公儀の知る処となれば、如何に御三家といえども只では済まぬ。直ちに水谷左内、乱心者として家禄を召し上げて追放し、急ぎ密かに始末しろとの仰せだ」

「成る程。水谷左内を乱心者とし、密かに闇に葬るか……」

兵庫は酒を飲み、苦笑した。

「うむ……」

「帯刀、和田喜左衛門どのはどうした」

「藩医桂田松柏どののお陰でどうにか命は取り留めたが……」

「回復は難しいか……」

「いや、そうとも限らぬようだ」

「そうか。して、帯刀。和田どのに水谷左内が刃傷を働く謂れはあったのか」

「……」

兵庫は訊いた。

「それなのだが兵庫。和田喜左衛門どの、藩の金を密かに懐に入れていると云う噂があるそうだ」

松木は、腹立たしげに酒を飲んだ。

「何……」

兵庫は、酒の入った茶碗を持つ手を止めた。

「その噂が本当なら、只では済まぬ」

松木は、顔を歪めて酒を飲んだ。

「うむ……」

「水谷左内は、それに気が付いて諫言したが、和田どのに無視され、刃傷に及んだのかもしれぬ……」

松木は読んだ。

「帯刀、もしそうだとしたなら、水谷は何故、そいつをおぬしたち目付に訴え出なかったのかな」

兵庫は眉をひそめた。

「それなのだが、勘定方の朋輩に聞いた話では、水谷左内も何か悩みを抱えているようだったと……」

松木は告げた。

「水谷も何か悩み……」

「うむ……」

「その悩み、勘定頭の和田喜左衛門どのの噂についてではないのか……」

「朋輩の見た処、拘わりがあるような、ないような。良く分からないそうだ」

「そうか。して、その朋輩、水谷左内がどうして悩みを抱えていると思ったのかな」

「さあて……」

「帯刀。その朋輩、名は何と申す者だ」

兵庫は訊いた。

「只今、戻りました」

新八が、岡持を提げて戻って来た。

外から吹き込んだ微風は、燭台の明かりを揺らした。

兵庫は、御刀番頭としての仕事を昼前に終わらせ、勘定方の吉岡伝一郎を訪れた。

「私が吉岡伝一郎ですが……」

吉岡伝一郎は、戸惑いを浮かべて兵庫の許にやって来た。

「やあ。忙しい処を済まぬな。私は御刀番頭の黒木兵庫だ」

兵庫は笑い掛けた。

「はい。で、何か……」

「おぬし、水谷左内が悩みを抱えているようだったと証言したそうだが、その悩みに心当たりはあるのか……」

兵庫は尋ねた。

「えっ……」

「心当たりがあるなら、教えてくれぬか……」

「黒木さま、それが左内の為になりますか……」

吉岡は、朋輩の左内の身を案じた。

「うむ。左内の刃傷の真相が分かると、乱心者の汚名を雪げるかもしれぬ」

「黒木さま……」

吉岡は、兵庫に縋る眼を向けた。

「心当たり、あるなら話してくれぬか……」

兵庫は頼んだ。

「はい。左内は、かつて表御殿の台所で女中をしていたおみよと云う娘に惚れましてね」

　吉岡は、語り始めた。

「台所女中のおみよ……」

　兵庫は、水谷左内が台所女中のおみよと云う娘に惚れているのを知った。

「はい……」

「して、おみよと申す娘は、水谷左内をどう思っていたのかな」

「それはもう。おみよも左内に好意を持っていた筈ですが……」

　吉岡は眉をひそめた。

「左内に好意を持っていた筈……」

　兵庫は、戸惑いを浮かべた。

「ええ。ですが、おみよは母親が病に倒れて宿下がりして実家に戻り、左内は何かと心配をして、時々おみよの家に様子を見に行っていたようです」

　吉岡は、心配げに告げた。

「それが、水谷の悩み、屈託か……」

　兵庫は読んだ。

「はい。きっと……」

吉岡は頷いた。

「そいつを目付には……」

「もし、違っていたら面倒ですので、云っていません」

「そうか。ならば、おみよの家は何処だ……」

兵庫は尋ねた。

「不忍池は池之端(いけのはた)、茅町(かやちょう)一丁目の弁天長屋(べんてんながや)だと聞いた覚えがあります」

「池之端は茅町一丁目の弁天長屋か……」

「はい……」

吉岡は頷いた。

水谷左内は、恋人のおみよの住む弁天長屋の近くに潜(ひそ)んでいるのかもしれない。

「そうか。忙しい処、造作を掛けたな。引き取ってくれ」

兵庫は、吉岡伝一郎に礼を述べて別れた。

よし。池之端の弁天長屋だ……。

兵庫は、水戸藩江戸上屋敷を出た。

不忍池の水面(みなも)越しに見える中之島弁財天(なかのしまべんざいてん)は、多くの参拝客で賑(にぎ)わっていた。

兵庫は、茅町の木戸番(きどばん)に誘(いざな)われて不忍池の畔(ほとり)から裏通りに入った。

「此処(ここ)ですよ、弁天長屋……」

木戸番は、古い長屋を示した。

「此処か……」

「はい。おみよさんのおっ母さん、おときさんの家は一番奥です」

木戸番は、古い長屋を眺(なが)めた。

「一番奥。して、家族は……」

「おときさんの二番目の娘、おみよさんの妹のおさよちゃんと二人暮らしです」

木戸番は告げた。

「そうか。造作を掛けたな、助かったよ」

兵庫は、木戸番に礼を云った。

「そうですか。じゃあ……」

木戸番は立ち去った。

兵庫は、木戸の傍(そば)に佇(たたず)んで弁天長屋と周囲を窺(うかが)った。

弁天長屋と周囲に水谷左内らしき武士はいなかった。

よし……。

兵庫は、おときの住む奥の家に進んだ。

兵庫は、奥の家の腰高障子を叩いた。

「はい……」

幼い娘の声がし、十二歳程の女の子が腰高障子を開けた。

「おさよちゃんかな……」

兵庫は、女の子に笑い掛けた。

「は、はい……」

女の子は、警戒した眼で頷いた。

「私は水戸藩の黒木兵庫。姉さんのおみよさんはいるかな」

兵庫は尋ねた。

「いいえ。姉ちゃんはいません」

おさよは、緊張した面持ちで告げた。

「いない……」

兵庫は戸惑った。

「はい……」

「実家の、母親の家に帰ったと聞いたが……」

「はい。でも、いません」

「ならば、何処に行ったのかは……」

「分かりません」

おさよは、俯(うつむ)きながら告げた。

「そうか……」

此以上、問い詰めると泣き出すかもしれない……。

「はい……」

「じゃあ、最後にもう一つ訊くが、水谷左内と云う水戸藩の家来は来なかったかな」

「き、来ました」

「そうか。で、おさよちゃんにおみよさんの行き先を訊いたね」

「はい。でも、私、お姉ちゃんが何処に行ったか知らないから……」

おさよは、涙を零(こぼ)した。

おみよの行き先を本当に知らない……。

兵庫は読んだ。

此迄(これまで)だ……。

「そうか。良く分かった」

兵庫は頷いた。

「はい。じゃあ……」

おさよは、兵庫に頭を下げて腰高障子を閉めた。

おみよは、何処に行ったのか……。

水谷左内は、おみよを追ったのか……。

兵庫は、吐息(といき)を洩(も)らして踵(きびす)を返した。

縞(しま)の半纏(はんてん)を着た男が、木戸の陰から出て行った。

兵庫は、弁天長屋を後にした。

二

不忍池に西日が映(は)えた。

兵庫は、不忍池の畔を進んだ。

誰かに見られている……。
兵庫は、自分を尾行て来る者の視線を感じながら進んだ。
弁天長屋の木戸にいた縞の半纏を着た男……。
兵庫は、尾行者を読んだ。
何が狙いで尾行て来るのか……。
おみよや水谷左内に拘わりがあるのか……。
兵庫は、想いを巡らせながら尾行て来る者を窺った。
尾行て来る者は、やはり縞の半纏を着た男だった。
さあて、どうする……。
兵庫は、下谷広小路に進んだ。

下谷広小路は、東叡山寛永寺や不忍池弁財天の参拝客で賑わっていた。
兵庫は、雑踏に進んだ。
尾行て来た縞の半纏を着た男は焦り、兵庫との距離を詰めようとした。
兵庫は、雑踏の中から連なる店の路地に素早く入った。

消えた……。

縞の半纏を着た男は、雑踏の中で兵庫を見失って狼狽えた。

兵庫は、路地から縞の半纏を着た男を見守った。

縞の半纏を着た男は、雑踏の中に兵庫を捜し廻った。だが、縞の半纏を着た男は、兵庫を見付ける事は出来なかった。

兵庫は見守った。

縞の半纏を着た男は、兵庫を捜すのを諦めて不忍池の畔を谷中に向かった。

よし……。

兵庫は、縞の半纏を着た男を尾行た。

谷中は東叡山寛永寺の北にあり、感応寺を中心にした寺の町だ。

寺の周囲には門前町が並び、いろは茶屋などの岡場所があった。

縞の半纏を着た男は、女郎たちの居並ぶ籬の前を通り、一軒の女郎屋の暖簾を潜った。

兵庫は見届けた。

女郎屋の揺れる暖簾には『松葉屋』と書かれており、男客が出入りをしていた。

縞の半纏を着た男は、女郎屋『松葉屋』の男衆なのか……。

もし男衆なら、どのような理由でおみよの実家である弁天長屋を見張っていたのか……。

おみよと女郎屋『松葉屋』は、どのような拘わりがあるのか……。

兵庫は読んだ。

縞の半纏を着た男が、女郎屋『松葉屋』から出て来た。

よし……。

兵庫は、尾行ようとした。

若い武士が兵庫の前に現れ、縞の半纏を着た男を追った。

何……。

兵庫は、戸惑いながらも若い武士に続いた。

若い武士は、明らかに縞の半纏を着た男を尾行ている。

ひょっとしたら……。

兵庫は、若い武士を水谷左内かもしれないと睨んだ。
縞の半纏を着た男は、感応寺の山門前に進んだ。
若い武士は、縞の半纏を着た男の背後に素早く迫り、何事かを囁いた。
縞の半纏を着た男は振り返り、満面に緊張を浮かべた。
若い武士は、腰に差した刀の柄頭で縞の半纏を着た男を押した。
縞の半纏を着た男は、石神井用水根岸の里に続く芋坂に重い足取りで向かった。
若い武士は、刀を握り締めて続いた。
云う事を聞かなければ命はないか……。
兵庫は苦笑した。
そして、兵庫は縞の半纏を着た男を脅している若い武士が水谷左内だと気付いた。
水谷左内……。
兵庫は、縞の半纏を着た男と水谷左内を追った。
水谷左内は、縞の半纏を着た男を芋坂の林に連れ込んだ。

水谷左内は、縞の半纏を着た男を突き飛ばした。

縞の半纏を着た男は、林の中の草の茂みに倒れ込んだ。

「紋次(もんじ)、おみよは何処にいる……」

水谷左内は尋ねた。

「し、知らねえ」

紋次と呼ばれた縞の半纏を着た男は、狡猾(こうかつ)な笑みを浮かべた。

次の瞬間、水谷左内は紋次の頬(ほお)を張り飛ばした。

紋次は、鼻血を飛ばして倒れた。

「紋次、死に急ぐか……」

左内は、紋次を冷ややかに見据(みす)えた。

「て、手前……」

紋次は、恐怖に声を震わせた。

「もう一度訊く。おみよは何処にいる……」

左内は、刀の鯉口(こいぐち)を切った。

「知らねえ。本当に知らねえんだ。あっしは松葉屋の徳兵衛(とくべえ)の親方に云われて、和田喜左衛門さまと繋(つな)ぎを取る使いっ走り。何も知らねえんです」

紋次は、声を激しく震わせた。

「松葉屋徳兵衛と和田喜左衛門は、どんな拘わりなんだ」

左内は尋ねた。

「徳兵衛の親方の話じゃあ、若い頃の遊び仲間だとか……」

「若い頃の遊び仲間……」

左内は、和田家が代々江戸詰であり、喜左衛門が江戸生まれの江戸育ちだったのを思い出した。

徳兵衛と和田喜左衛門は、若い頃からの遊び仲間なのだ。

「ならば、徳兵衛に訊くのが一番か……」

左内は、紋次に笑い掛けた。

「へ、へい。仰る通りで……」

紋次は、小狡そうな笑みを浮かべて立ち上がろうとした。

刹那、左内は抜き打ちの一刀を放った。

閃きが走った。

紋次は、右の太股を斬られて横倒しに倒れ、顔を醜く歪めて呻いた。

左内は笑った。

「な、何しやがる……」

紋次は恐怖に掠れた声を震わせ、必死に尻で後退りした。

斬られた右の太股から血が流れた。

「紋次、此が最後だ。おみよは何処にいる……」

左内は、紋次に刀を突き付けた。

「し、知ら……」

紋次は叫ぼうとした。

「次は右脚がなくなる……」

左内は遮った。

「駒形だ……」

紋次は、声を引き攣らせた。

「駒形……」

「ああ。浅草駒形町にある徳兵衛の持ち家にいる……」

「駒形町の何処だ」

「駒形堂の裏だ」

紋次は、血の流れる右の太股を押さえて声を震わせた。

「裏のどんな家だ……」

「黒板塀を廻した家だ……」

「嘘偽りはないな……」

左内は、紋次に刀の鋒を突き付けた。

鋒から血が滴り落ちた。

「ああ。本当だ。助け、助けてくれ」

紋次は、涙と鼻水で顔を汚して哀願した。

「よし。ならば、早く医者に行くのだな」

左内は、刀に拭いを掛けて鞘に納めて林から出て行った。


水谷左内は、林から芋坂に出て感応寺門前に急いだ。

兵庫は尾行た。

水谷左内を捕らえるか、それとも何をするのか見届けるか……。

兵庫は迷った。

左内が何をするのか見届ける……。

兵庫は決め、左内を尾行た。

大川の流れは緩やかであり、様々な船が行き交っていた。

水谷左内は、谷中から下谷広小路に抜けて新寺町の通りに出た。

新寺町の通りを東に進み、新堀川を渡って東本願寺の前を尚も大川に向かった。

此のまま進めば、田原町から三間町を抜けて蔵前の通りに出る。

蔵前の通りは、神田川に架かっている浅草御門と浅草広小路を結ぶ通りであり、途中に浅草御蔵や駒形堂があった。

その駒形堂の裏の駒形町に、谷中の女郎屋『松葉屋』の親方徳兵衛の持ち家があり、おみよがいる筈だ。

左内は、蔵前の通りを横切り、駒形堂の前に出た。

左内は駒形堂に手を合わせ、駒形堂の裏の町並みを眺めた。

此の家並みの中に徳兵衛の持ち家があり、おみよがいる……。

左内は、家並みを眺めた。

兵庫は、左内を見張り、左内の視線の先を追った。

左内は、黒板塀を廻した家を見詰めていた。

あの家か……。

左内は、黒板塀の木戸に近付いて押した。

木戸は開き、左内は黒板塀の中に入った。

兵庫は、黒板塀の木戸に駆け寄り、中を窺った。

左内は、戸口から裏手に廻って行った。

兵庫は、左内を追って木戸を潜った。


左内は、黒板塀に囲まれた家の庭に廻り、居間と座敷を窺った。

雨戸と障子の開け放たれた居間と座敷には、誰もいなかった。

左内は縁側に忍び寄り、居間や座敷を覗いた。

「あっ、わあ……」

居間に入って来た飯炊き婆さんが、驚きの声を上げて抱えていた風呂敷包みを落とした。

風呂敷包みから赤い鼻緒の草履が見えた。

左内は、婆さんに飛び掛かって口を塞いだ。

「離せ。馬鹿野郎、離せ……」

婆さんは藻掻いた。

「おみよは何処だ。おみよは何処にいる」

左内は、藻掻く婆さんに訊いた。

「さっき、さっき、徳兵衛の親方の若い衆が来て、連れて行ったよ」

婆さんは、嗄れ声を縺れさせた。

「何処に、若い衆はおみよを何処に連れて行ったのだ」

左内は、焦りを浮かべて婆さんを責めた。

「き、きっと谷中だよ」

「谷中……」

「ああ。谷中の徳兵衛親方の店だよ」

婆さんは喚いた。

だとしたら、擦れ違った……。

谷中に逆戻りだ。

「くそっ……」

左内は苛立ち、婆さんを突き飛ばして戸口に走った。

婆さんは、嗄れ声の悲鳴を上げて倒れた。

左内が、木戸を閉める音がした。

「馬鹿が……」

婆さんは小狡く笑い、身を起こして風呂敷包みに這い寄った。そして、赤い鼻緒の草履を風呂敷包みに押し込んだ。

「どっこいしょ……」

婆さんは、風呂敷包みを抱えて居間から出て行った。


婆さんは、風呂敷包みを抱えて廊下の奥に進んだ。そして、廊下の奥の納戸の板戸を開けた。

狭い納戸の中には、行燈や蒲団が仕舞われおり、その陰に若い女が縛られて猿轡を嚙まされていた。

「良い娘だね。大人しくしていなよ」

婆さんは、冷ややかな笑みを浮かべて風呂敷包みを若い女の傍に放り込んだ。

「お前さんがおみよか……」

兵庫の声がした。

婆さんは驚き、振り返った。

刹那、背後にいた兵庫が婆さんの鳩尾(みぞおち)に拳(こぶし)を鋭く叩き込んだ。

婆さんは、顔を醜く歪めて気を失った。

兵庫は、恐ろしそうに見上げている若い女に笑い掛けた。

「おみよか……」

兵庫は、おみよの猿轡を外した。

「はい……」

おみよは頷いた。

「私は黒木兵庫、水戸藩の者だ……」

兵庫は告げた。

「水戸藩の黒木さま……」

「うむ……」

兵庫は、おみよを縛った縄を解(ほど)いた。

「とにかく此処から出よう」

「は、はい……」

おみよは頷き、婆さんが放り込んだ風呂敷包みを持って立ち上がった。

兵庫は、おみよを連れて納戸から出て行った。

大川には様々な船が行き交っていた。

兵庫は、おみよを連れて竹町之渡（たけちょうのわたし）にやって来た。

おみよは、赤い鼻緒の草履を履（は）き、風呂敷包みを抱えていた。

赤い鼻緒の草履はやはりおみよの物……。

兵庫は、風呂敷包みから零れた赤い鼻緒の草履をおみよの物と睨み、家の何処かに閉じ込められていると読んだ。

読み通りだった……。

「さあて、おみよ。谷中の女郎屋松葉屋の徳兵衛に狙われているようだが、隠れる先の宛（あて）はあるのか……」

兵庫は尋ねた。

「いいえ……」

おみよは、不安げに首を横に振った。

「そうか。ならば私と一緒に来るか……」

兵庫は笑い掛けた。

「はい……」

おみよは頷いた。

「よし。仔細は行った先で聞かせて貰う。行くぞ……」

兵庫は、おみよを連れて材木町から西仲町、田原町を抜け、東本願寺の横手の道から入谷に急いだ。

西日は、入谷に急ぐ兵庫とおみよの影を長く伸ばした。


谷中の岡場所は賑わっていた。

水谷左内は、客たちに混じって女郎屋『松葉屋』の籬を覗いた。

籬の中にいる女郎の中に、おみよはいなかった。

左内は、微かな安堵を浮かべ、女郎屋『松葉屋』の店土間を窺った。

店土間は、客と遣手や男衆で賑わっていた。

おみよはどうなっているのか……。

左内は、探る手立てを思案した。

入谷鬼子母神の銀杏の木は、夕暮れの風に吹かれて葉音を鳴らしていた。

兵庫は、おみよを連れて鬼子母神の裏にある古寺に向かった。

古い瑞泉寺は山門を開けていた。

兵庫は、おみよを伴って山門を潜り、境内を庫裏に向かった。

「何方かな……」

夕闇から野太い男の声がした。

「黒木兵庫だ……」

兵庫は名乗った。

「おお、兵庫さま……」

大柄な青年僧の源心が、暗がりから現れた。

「源心。道源さまはおいでか……」

「はい……」

源心は笑った。


囲炉裏の火は燃え上がった。

瑞泉寺の老住職の道源は、鶴のように痩せた身体を囲炉裏端の横座に据えた。

源心は、道源の背後に控えた。

嬶座に座った寺男の辰造は、道源と客座に座ったおみよと木尻に座った兵庫に茶を差し出した。

「道源さま、急に申し訳ありません」

兵庫は詫びた。

「気にするな、兵庫。弔いは殆どが急だ」

道源は笑った。

「畏れ入ります」

「して、嘉門は達者か……」

「はい。国許で達者にしております」

「そうか……」

道源は、皺だらけの顔に笑みを浮かべた。

老住職の道源は黒木一族であり、兵庫の父嘉門に無双流を仕込んだ兵庫の大叔父だった。

「して、その娘御を預かるのか……」

道源は、緊張に身を硬くしているおみよを見た。

「はい。此の娘はおみよと申します」

兵庫は、おみよを引き合わせた。

「おみよにございます」

おみよは、緊張した面持ちで挨拶をした。

「うむ。おみよちゃんか……」

道源は、眼を細くして笑い掛けた。

「おみよは、水戸藩江戸上屋敷の台所女中をしておりましたが、今は谷中の女郎屋の者共に追われております」

兵庫は報せた。

「ほう。それはそれは……」

道源は笑った。

「さあて、おみよ。悪いようにはしない。今迄の事を話してくれるかな」

兵庫は促した。

「はい。私は水戸藩江戸上屋敷に台所女中として御奉公をしておりました。お屋敷の方々は、皆さんお優しくて親切で……」

「中でも勘定方の水谷左内と親しかったそうだな」

兵庫は訊いた。

「は、はい。左内さまはいろいろお心に掛けて下さいます」

「聞く処によると、互いに想い合っている仲だとか……」

兵庫は笑い掛けた。

「は、はい……」

おみよは頰を赤らめた。

「それは良い……」

道源は、細い首を伸ばして楽しげに頷いた。

「私の父は居職の錺職で、五年前に十両の借金を残して病で死に、私は奉公に出たのですが、勘定頭の和田喜左衛門さまが父の残した借金を肩代わりしてやるから妾になれと……」

「勘定頭の和田どのが、妾に……」

兵庫は眉をひそめた。

「はい。私はお断りをしました。ですが、父の遺した借用証文がいつの間にか谷中の松葉屋の徳兵衛親方の手に渡り、直ぐに返さなければ女郎になるか、和田さまに肩代わりをして貰って妾になるかと……」

「和田どのと松葉屋の徳兵衛は、若い頃からの遊び仲間だ。和田どのの企んだ事だな……」

　兵庫は読んだ。

「左内さまもそう……」

　おみよは頷いた。

「それで水谷左内は、上屋敷内で和田喜左衛門どのに刃傷に及んだか……」

　兵庫は睨んだ。

「きっと……」

　おみよは、哀しげに項垂れた。

「ほう。刃傷か……」

　道源は、白髪眉をひそめた。

「はい。そして、母と妹のいる実家に戻っていた私は取り敢えず徳兵衛の駒形堂裏の家の女中に雇われて行ったのですが、その家の借主は和田さまだったのです」

「それで、逃げ出そうとして捕らえられ、納戸に閉じ込められていたのか……」

　兵庫は訊いた。

「はい……」

おみよは頷き、零れる涙を拭(ぬぐ)った。

「良く分かった……」

兵庫は頷いた。

「うむ。兵庫、おみよちゃんは儂(わし)が預かった」

道源は笑顔で告げた。

「忝(かたじけの)うございます」

「ありがとうございます」

「何、困っている時はお互い様だ。して、兵庫。おぬしは此からどうする」

「はい。私は刃傷を働いて逐電した水谷左内を捜します」

「そうか。ならば源心……」

「はい……」

「おみよちゃんのおっ母さんと妹をな……」

「心得ました」

源心は頷いた。

囲炉裏の火は燃えた。

三

谷中の女郎屋『松葉屋』の賑わいは続いていた。

水谷左内は、おみよが『松葉屋』の何処にいるか何とか突き止めようとした。

だが、籬に並ぶ女郎や下働きの下女たちの中におみよはいなかった。

おみよは何処にいる……。

左内は焦った。

女郎屋『松葉屋』から男衆が現れ、辺りを見廻して寺町に向かった。

谷中の岡場所には、寺の僧侶たちが密かに通う女郎屋がある。

『松葉屋』はそうした女郎屋であり、男衆は寺の僧侶に繋ぎを取りに行くのかもしれなかった。

よし……。

左内は、男衆を追った。

谷中の寺町は、岡場所とは違って暗く静けさに沈んでいた。

男衆は、寺の連なりを足早に進んだ。

背後に駆け寄る足音が迫った。

男衆は、怪訝に振り返った。

刹那、左内が跳び掛かった。

男衆は、叫び声を上げようとした。

左内は、男衆の首に腕を巻き付けて寺の土塀の路地に引き摺り込んだ。

「な、何しやがる」

男衆は、声を嗄らして藻掻いた。

「死にたくなければ、静かにしろ」

左内は、男衆の首を絞めた。

男衆は藻掻いた。

「おみよは何処にいる……」

「おみよ……」

「ああ。今日、駒形町の家からこっちに来た女だ。松葉屋の何処にいる」

「駒形から女なんて、来ちゃあいねえ」

男衆は告げた。

「惚けるな……」

左内は、男衆の首を絞め上げた。

「本当だ。駒形町の家から来たのは、留守番の婆さんで、得体の知れねえ侍が現れて女を連れ去ったって……」

男衆は、首を絞められて苦しそうに声を震わせた。

「得体の知れねえ侍が女を連れ去った……」

左内は眉をひそめた。

「ああ。だから、駒形町から女なんか来なかった」

「じゃあ、おみよは松葉屋にいないのか……」

左内は呆然とした。

「ああ。いねえぜ、おみよなんて女……」

男衆は笑った。

「おのれ……」

左内は、男衆を突き放して抜き打ちの一刀を放った。

閃光が男衆の笑い声を遮った。

男衆は胸を斬られ、血を飛ばして倒れた。

「おみよ……」

左内は呟き、血に濡れた刀を提げ、乱れた足取りで立ち去った。

戌の刻五つ（午後八時）を報せる寺の鐘の音が夜空に響き渡った。


「それで水谷左内の足取り、谷中の岡場所で途絶えたのか……」

目付頭の松木帯刀は眉をひそめた。

「うむ。して、帯刀。勘定頭の和田喜左衛門どのの行状、調べてみたか……」

兵庫は尋ねた。

「それなのだが、兵庫。どうやら和田どのは藩の金を持ち出し、町方に妾を囲ったりしていたようだ」

松木は、腹立たしげに告げた。

「やはりな……」

兵庫は頷いた。

「何か知っているのか……」

「うむ。和田喜左衛門、懸想した娘を妾にしようと、女郎屋の親方と結託していろいろやっていたようだ」

兵庫は苦笑した。

「おのれ……」

「して、帯刀。和田喜左衛門どのの行状、殿のお耳に入れたのか……」

「うむ。それとなくな……」

「して、殿は……」

「噂が真なら証拠を摑めとな。そして、水谷左内を見付け次第、斬り棄てずに捕らえ、引き立てよとの仰せだ」

松木は、小さな笑みを浮かべた。

殿の斉脩は、刃傷を知った直後の怒りも収まり始めている。

「そうか。ならば水谷左内、此以上の騒ぎを起こす前に何としてでも見付けるのだな」

兵庫は、微かな安堵を覚えた。

「うむ。兵庫、何れにしろ谷中の女郎屋松葉屋だな」

「ああ。親方の徳兵衛は和田喜左衛門どのと若い頃から連んでいる仲だ。水谷左内、おみよを捜して松葉屋周辺に潜んでいる筈だ」

兵庫は読んだ。

「よし、配下の者共に谷中の松葉屋周辺を探索させよう」

松木は決めた。

「うむ。ひょっとしたら、松葉屋の徳兵衛も水谷左内を追っているかもしれぬ。呉々も大騒ぎにならぬようにな」

兵庫は告げた。


不忍池では、水鳥が水飛沫を上げて遊んでいた。

谷中の女郎屋『松葉屋』の男衆の丈七と八五郎は、不忍池の畔から茅町一丁目に入った。

弁天長屋の井戸端は、おかみさんたちの洗濯とお喋りの時が終わり、閑散としていた。

「丈七の兄貴、此処ですぜ。弁天長屋」

八五郎は、閑散としている井戸端を眺めた。

「うん。八五郎、奥の家だ」

兄貴分の丈七は、八五郎を促した。

「はい……」

八五郎は、軽い足取りで奥の家に進み、腰高障子を叩いた。

「はい。何方さまですか……」

家の中から幼い娘の声がした。

八五郎は、薄笑いを浮かべて丈七を見た。

丈七は促した。

「はい。あっしはおみよさんの使いの者です」

「姉ちゃんの使い……」

「ええ……」

「ちょっとお待ち下さい」

幼い娘の声がした。

八五郎は身構え、腰高障子が開くのを待った。

腰高障子が開いた。

八五郎は、腰高障子から出て来た者に飛び付いた。

次の瞬間、八五郎は張り飛ばされ、悲鳴を上げて井戸端に転がった。

「何だ、手前……」

丈七は身構えた。

「見た通りの托鉢坊主だ」

托鉢姿の源心が、饅頭笠を取って丈七に笑い掛けた。

「な、何……」

「おみよちゃんの使いだそうだが、どんな使いかな……」

「煩せえ」

丈七は、源心に殴り掛かった。

源心は、丈七の拳を躱し、その腕を取って捻り上げた。

丈七は、激痛に悲鳴を上げた。

「谷中の松葉屋の者だな……」

源心は苦笑した。

「あ、ああ……」

丈七は、呻きながら頷いた。

「妹を松葉屋に連れて行き、おみよちゃんを誘き出す企みか……」

源心は、蔑みを浮かべた。

「此の糞坊主……」

八五郎が匕首を抜き、源心に突き掛かった。

源心は、押さえ付けていた丈七を八五郎の方に突き飛ばした。

丈七と八五郎は、ぶつかって縺れ合った。

血が飛んだ。

八五郎の匕首が、丈七の尻を浅く斬ったのだ。

「じょ、丈七の兄貴……」

八五郎は狼狽えた。

「仏罰だ。南無大師遍照金剛……」

源心は、笑みを浮かべて経を読んだ。

「煩せえ」

丈七は醜く顔を歪め、血の流れる尻を押さえて木戸に駆け去った。

八五郎は、慌てて続いた。

源心は、八五郎を蹴り飛ばし、苦笑して見送った。

「源心さま……」

おさよが家から出て来た。

「おさよちゃん……」

「疑ってすみませんでした」

おさよは、源心に頭を下げて詫びた。

「いや。坊主がいきなり現れて一緒に来いと云っても、俄に信じられるものではない」

源心は苦笑した。

「すみません……」

「じゃあ、おっ母さんと一緒に来てくれるな」

「はい。お願いします」

「良かった。此でおみよちゃんも一安心だ」

源心は笑った。

谷中の岡場所は閑散としていた。

女郎屋『松葉屋』は、男衆たちが店先の掃除をしていた。

肥った初老の旦那が、二人の男衆を従えて店から出て来た。

掃除をしていた男衆が口々に挨拶をした。

初老の旦那は、鷹揚に頷いて寺町に進んだ。

女郎屋『松葉屋』の親方の徳兵衛だ。

物陰から水谷左内が現れ、二人の男衆を従えて寺町に行く徳兵衛を尾行始めた。

徳兵衛と二人の男衆は、感応寺の山門前を抜けて白山権現(はくさんごんげん)に続く通りに進んだ。

水谷左内は尾行た。

徳兵衛と二人の男衆は、谷中の寺町から千駄木(せんだぎ)に出た。

千駄木には武家屋敷や緑の田畑があり、小川が流れて小橋が架かっていた。

小橋の袂(たもと)に茶店があった。

徳兵衛と二人の男衆は、茶店の前を通り過ぎた。

水谷左内は、追って茶店の前を通った。

徳兵衛と二人の男衆は、立ち止まって振り返った。

水谷左内は立ち止まった。

「お前さんかい。うちの男衆を甚振(いたぶ)ってくれているのは……」

徳兵衛は、嘲(あざけ)りを浮かべた。

「おみよは何処だ。何処にいる……」

左内は尋ねた。

「そいつは、こっちの訊きたい事だ」

徳兵衛は、左内を睨み付けた。

二人の男衆は身構えた。

「何……」

左内は、辺りを見廻した。

五人の浪人が茶店から現れ、左内を素早く取り囲んだ。

徳兵衛に誘い出された……。

左内は身構えた。

「おみよは何処にいる……」

徳兵衛は進み出た。

「何……」

左内は戸惑った。

「駒形堂の裏の家からおみよを連れ去ったのは、手前の仲間だろう」

徳兵衛は、怒りを滲(にじ)ませた。

「俺の仲間……」

「ああ……」

「知らぬ。俺に仲間などいない……」

左内は眉をひそめた。

「じゃあ誰だ。おみよを連れ去ったのは何処の誰だ……」

徳兵衛は、顔を醜く歪めた。

「知らぬ……」

左内は、首を横に振った。

「じゃあ、用はねえ。殺せ……」

徳兵衛は、五人の浪人に命じた。

五人の浪人は、一斉に刀を抜いて左内に襲い掛かった。

左内は、先頭の浪人に抜き打ちの一刀を浴びせた。

血が飛んだ。

先頭の浪人が、脇腹を斬られて倒れた。

「おのれ、徳兵衛。和田喜左衛門が藩から持ち出した金で女郎屋の松葉屋を始めたのは分かっているんだ」

左内は怒鳴った。

「殺せ……」

徳兵衛は怒鳴った。

四人の浪人は、猛然と左内に斬り掛かった。

左内は、斬り結んだ。

刃風が唸り、刃が嚙み合った。

左内と四人の浪人は、激しく斬り結んだ。

砂利が跳ね、草が千切れ、血が飛んだ。

多勢に無勢だ。

左内は、小川沿いの土手に押された。

四人の浪人は、嵩に懸かって斬り付けた。

左内は浅手を負い、押し込まれて土手に片膝を突いた。

「死ね……」

浪人の一人が斬り掛かった。

左内は、片膝を突いて横薙ぎの一刀を鋭く放った。

斬り掛かった浪人は、胸元を横薙ぎに斬られて仰け反り、片膝を突いている左内に覆い被さった。

左内と胸元を斬られた浪人は、縺れ合い重なり合って小川に落ちた。

水飛沫が上がった。

「捜せ。捜し出して息の根を止めろ」

徳兵衛は叫んだ。

「親方……」

男衆が谷中を示した。

数人の武士が、谷中から猛然と駆け寄って来た。

「糞、面倒だ。逃げろ……」

徳兵衛は、二人の男衆と逃げた。

三人の浪人は、徳兵衛たちとは別の方角に走った。

左内と浪人は、小川を流れていった。

駆け寄って来た数人の武士は、松木帯刀を頭とする水戸藩の江戸目付たちだった。

「追え……」

松木は、配下の目付たちに命じ、脇腹を斬られて倒れている浪人に駆け寄った。

配下の目付たちは、二手に別れて徳兵衛と浪人たちを追った。

倒れている浪人は、脇腹を斬られて息絶えていた。

「おのれ……」

松木は、死んでいる浪人の脇腹の傷を検めた。

「見事な一太刀、水谷左内の仕業か……」

松木は読んだ。


「そうか。水谷左内、松葉屋徳兵衛の雇った浪人共と斬り合ったか……」

兵庫は眉をひそめた。

「うむ。おそらく間違いあるまい」

松木帯刀は頷いた。

「となると、水谷左内、尚も松葉屋徳兵衛を付け狙うか……」

「うむ。おみよの父親の遺した借用証文を取り戻す為にか……」

松木は睨んだ。

「うむ。そして、勘定頭の和田喜左衛門どのが藩の金子を持ち出した証拠を摑もうとしているのかもしれぬ……」

兵庫は読んだ。

「和田喜左衛門の悪事の証拠か……」

「うむ。和田どのの身辺を詳しく調べたのだが、密かに持ち出した藩の金子の行方が良く分からないのだ」

兵庫は告げた。

「密かに持ち出した金子の行方か……」

「うむ。ひょっとしたら、己の身辺に置いておくと見付けられると心配し、松葉屋徳兵衛の許に隠しているのかもしれぬ」

兵庫は読んだ。

「そうか。水谷左内もそう睨み、おみよの父親の遺した借用証文の他に和田どのの悪事の証拠も探し出そうとしているのか……」

「うむ。悪事の証拠を押さえない限り、水谷左内は女を巡って刃傷沙汰を起こした戯け者に過ぎぬ」

兵庫は苦笑した。

「その汚名を返上するか……」

「きっと……」

兵庫は頷いた。

「ならば、水谷左内。又、松葉屋徳兵衛の許に現れるか……」

「必ず……」

「だが、松葉屋徳兵衛、あれ以来、谷中の松葉屋に戻らず、姿を消したようだ」

「何処に隠れたのか分からぬのか……」

「ああ……」

「松葉屋徳兵衛、小賢しい真似をしおって……」

兵庫は、不敵な笑みを浮かべた。

四

谷中の女郎屋『松葉屋』は、親方の徳兵衛が姿を隠しても妾の女将が商売を続けていた。

黒木兵庫は見張った。

水谷左内は、勘定頭の和田喜左衛門の悪事の証拠を探して、徳兵衛の処に現れる筈だ。

だが、徳兵衛は姿を隠した。

何れにしろ徳兵衛の居場所だ……。

兵庫は、女郎屋『松葉屋』を見張った。

女郎屋『松葉屋』は、水戸藩目付頭の松木帯刀配下の目付にも監視されていた。

水谷左内も徳兵衛も現れない……。

兵庫は、微かな苛立ちを覚えた。

女郎屋『松葉屋』には、多くの客や奉公人が出入りしていた。

おそらく多くの客の中に徳兵衛の手下がおり、妾の女将に繋ぎを取っているのだ。

兵庫は読み、下男の新八と女郎屋『松葉屋』を見張った。

刻が過ぎた。

多くの男たちが訪れ、女郎屋『松葉屋』の籬に並ぶ女郎たちを冷やかした。

兵庫と新八は、見張り続けた。

多くの男の中に、徳兵衛の使いの者を捜すのは至難の業だ。

水戸藩の江戸目付は、此と思った客を尾行して徳兵衛や水谷左内と拘わりがないのを確かめた。

兵庫は、一人の遣手の婆さんに気が付いた。

遣手とは、女郎屋の親方の代理として女郎たちを管理する女だ。

兵庫は、遣手の婆さんの一人に見覚えがあった。

遣手の婆さんは、徳兵衛の駒形町の家にいた飯炊き婆さんだった。

兵庫は気付いた。

「新八、あの遣手婆さんの名を調べろ」

兵庫は、新八に飯炊き婆さんを示した。

「はい……」

新八は、仕事をしている男衆に駆け寄って笑顔で話し掛けた。

男衆は、笑顔で新八と言葉を交わした。

新八は、籬に並ぶ女郎を冷やかし、兵庫の許に戻った。

「分かったか……」

「はい。あの婆さんの名はおこう、おこうです」

新八は報せた。

「おこう……」

「はい。おこうは遣手じゃなくて、徳兵衛の持ち家の留守番の婆さんだそうです」

「やはりな……」

兵庫は頷いた。

「兵庫さま、おこうです」

新八は、女郎屋『松葉屋』から出て行くおこうを示した。

「よし。何処に行くか見届ける。先に行ってくれ」

「心得ました」

新八は、おこうを追った。

兵庫は、面の割れていない新八を先に尾行させ、その後に続いた。


おこうは、足早に谷中の岡場所から寺町に進んだ。

新八は、慎重に尾行た。

兵庫は、充分な距離を取って新八を追った。

おこうは、谷中八軒町(はちけんちょう)から不忍池に向かった。

兵庫は、おこうを尾行る新八を追った。

新八の背後に若い侍が現れた。

水谷左内か……。

兵庫は、おこうを尾行る新八の背後に現れた若い侍を水谷左内だと見定めた。

水谷左内もやはり女郎屋『松葉屋』を見張り、徳兵衛が戻るのを見定めようとしていた。そして、駒形町の家にいた飯炊き婆さんのおこうに気が付いたのだ。

どうする……。

水谷左内に尾行を止めさせるか、それともおこうを尾行させて出方を見るか……。

兵庫は迷った。

左内は、右足を僅かに引き摺っていた。

おそらく、千駄木での徳兵衛たちとの闘いで手傷を負ったのだ。

兵庫は読んだ。

だが、それでも水谷左内は、徳兵衛を追い詰めようとしている。

よし……。

兵庫は、左内の出方を見る事に決めた。

不忍池は煌めいた。

おこうは、不忍池の畔を進んで池之端仲町の外れにある板塀に囲まれた家に入った。

新八は見届けた。

水谷左内は、おこうが板塀を廻した家に入ったのを見届け、右足を引き摺りながら立ち去った。

兵庫は、不忍池の畔の木立の陰に佇んだ。

水谷左内は必ず戻って来る……。

兵庫は、そう読んでいた。

新八は、木陰に佇む兵庫に駆け寄った。

「兵庫さま。おこうはあの家に……」

新八は、板塀の廻された家を示した。

「うむ。御苦労だった」

「あの家にいるんですかね、徳兵衛……」

新八は、板塀の廻された家を眺めた。

「おそらくな……」

「他にどんな奴らがいるのか、ちょいと調べて来ますか」

「手立てはあるのか……」

「近所の酒屋や仕出し屋に……」

新八は笑った。

「成る程。徳兵衛の他に用心棒がいるかもしれぬか」

兵庫は読んだ。

「はい」

「よし。調べてみてくれ」

「心得ました。では……」

新八は走り去った。

兵庫は、新八を見送り、板塀の廻された家を窺った。

板塀の廻された家は、出入りする者もいなく静寂に覆われていた。


新八は、酒屋の手代に聞き込みを掛けた。

「ああ。不忍池の畔にある板塀を廻した家でしたら、御贔屓にして戴いてますよ」

手代は笑った。

「近頃は、お酒の注文、ありましたか……」

新八は訊いた。

「一昨日ですか、お酒を一斗、お届けしましたよ」

「お酒を一斗……」

「ええ。飯炊きの婆さんの話じゃあ、久し振りに旦那とお侍が四人、それに若い衆が二人の七人も泊まりに来て、大忙しだとぼやいていましたよ」

「旦那の他に侍が四人と若い衆が二人ですかい……」

「ええ。きっと一斗樽なんて、あっという間に空ですよ」

手代は笑った。

親方の徳兵衛は、二人の手下と四人の用心棒と一緒にいる。

新八は読んだ。

不忍池には水鳥が遊び、幾つもの波紋が広がり重なった。

「用心棒が四人か……」

兵庫は、板塀を廻した家を窺った。

「はい。それに徳兵衛と手下が二人……」

「七人か……」

兵庫は眉をひそめた。

「はい。松木さまにお報せして、目付の方々を何人か廻して貰いますか……」

「そうだな……」

如何に兵庫が無双流の達人で新八が父・嘉門の弟子とは云え、四人の用心棒と二人の手下を片付けるには手間が掛かる。その間に徳兵衛が逃げる恐れがあるのだ。

兵庫は、松木帯刀に助太刀を頼む事にした。

「よし、新八。帯刀に報せてくれ」

兵庫は命じた。

「心得ました。じゃあ……」

新八は、兵庫に会釈をして走り去った。

兵庫は見送った。

僅かな刻が過ぎた。

人影が路地から現れた。

兵庫は、木陰から見守った。

人影は、右足を引き摺る水谷左内だった。

水谷左内……。

兵庫は、緊張を漲らせた。

左内は、板塀を廻した家を窺い、裏に続く路地に入って行った。

よし……。

兵庫は、木陰を出て路地に走った。

左内は、狭い路地を進んで裏木戸の前に佇んだ。そして、板塀の中の様子を窺い、裏木戸を開けようとした。だが、裏木戸には、猿が掛けられていて開かなかった。

左内は、刀の鞘口から小柄を抜き、裏木戸の隙間に入れて猿を外し始めた。

兵庫は、路地の入り口から見守った。

左内は、猿を外して裏木戸を開けて中に忍び込んだ。

兵庫は、裏木戸に走った。

左内は、庭の植込みの陰に忍んだ。

庭の先には、母屋の居間と座敷が見えた。

居間と座敷には誰もいなく、他の部屋から男たちの笑い声が聞こえていた。
女郎屋『松葉屋』徳兵衛は、用心棒の浪人たちと他の部屋にいる。
左内は睨み、右足を引き摺って居間の縁側に走った。
台所から一人の若い衆が、居間に入って来て左内に気が付いた。
若い衆は驚き、叫ぼうとした。
左内は、縁側から居間に跳び、若い衆に抜き打ちの一刀を横薙ぎに放った。
若い衆は腹を横薙ぎに斬られ、血を振り撒(ふま)いて倒れた。

台所にいたおこうが悲鳴を上げた。
左内は台所に走り、悲鳴を上げたおこうを張り倒した。
おこうは昏倒(こんとう)した。
二人の浪人が、戸口近くの座敷から廊下に飛び出して来た。
左内は、刀を構えた。
「おのれ。曲者(くせもの)……」
二人の浪人は怒鳴り、猛然と左内に斬り掛かった。
左内は、斬り掛かる浪人に向かって踏み込み、突きを放った。

斬り掛かった浪人の刀は、頭上の鴨居に食い込んだ。

浪人は狼狽えた。

左内の突きの一刀は、浪人の腹に突き刺さった。

「お、おのれ……」

浪人は、己の腹に突き刺さっている左内の刀を呆然と見た。

左内は、刀を引き抜いた。

浪人は悲鳴を上げ、血を振り撒いて倒れた。

戸口近くの座敷から、残る二人の浪人と徳兵衛が出て来た。

「徳兵衛……」

左内は、徳兵衛を見据えた。

「殺せ、さっさと殺せ」

徳兵衛は、顔を残忍に歪めて怒鳴った。

三人の浪人は、左内に殺到した。

左内は、居間に引いた。

三人の浪人は、居間に雪崩れ込んで左内を取り囲んだ。

左内は刀を構え、三人の浪人の背後に現れた徳兵衛を睨み付けた。

「徳兵衛、おみよの父親の借用証文と勘定頭和田喜左衛門が藩の金子を持ち出した証拠を渡せ。渡せば命は獲らぬ……」

左内は、徳兵衛に告げた。

「煩せえ……」

徳兵衛は、怒鳴り返した。

三人の浪人が、一斉に左内に斬り掛かった。

左内は、右足を引き摺りながら必死に斬り結んだ。だが、三人の浪人は、嵩に懸かって左内に間断なく斬り付けた。

左内は、手傷を負って後退りし、壁際に追い詰められて腰を落とした。

「死ね……」

浪人の一人が、左内に上段から鋭く斬り付けた。

刹那、兵庫が現れ、左内に斬り掛かった浪人に体当たりをした。

浪人は弾き飛ばされた。

「お、おぬし……」

左内は戸惑った。

「水戸藩御刀番頭、黒木兵庫……」

兵庫は名乗った。

「御刀番頭の黒木兵庫さま……」

左内は知った。

三人の浪人は、兵庫に斬り掛かった。

兵庫は、胴田貫を抜き打ちに一閃した。

浪人の一人が、胸を斬られて倒れた。

「水谷、用心棒の浪人共は引き受けた。おぬしは徳兵衛を手捕りにしろ」

兵庫は命じた。

「こ、心得た……」

左内は頷いた。

兵庫は、残る二人の浪人に対峙した。

二人の浪人は、兵庫に猛然と斬り掛かった。

兵庫は、胴田貫を縦横に閃かせた。

左内は、徳兵衛に迫った。

徳兵衛は、慌てて逃げた。

左内は追った。

兵庫は、二人の浪人を相手に激しく斬り結んだ。

徳兵衛は、戸口から外に逃げようとした。

左内は、右足を引き摺って追い縋り、徳兵衛を捕まえた。

「は、離せ、その手を離せ……」

徳兵衛は喚き、藻掻いた。

「黙れ。徳兵衛……」

左内は、徳兵衛を刀の柄頭で殴り倒し、押さえ付けた。

次の瞬間、背後に忍び寄った若い衆が匕首で左内の背を刺した。

左内は、仰け反りながらも刀を背後に一閃した。

若い衆は、首を斬られて倒れた。

徳兵衛は、戸口から逃げようとした。

「逃がすものか……」

左内はしがみ付いた。

戸が開き、新八が目付の松木帯刀たちと踏み込んで来た。

兵庫は、浪人の一人を斬り棄てた。

「兵庫……」

松木が入って来た。

一人残った浪人は、庭に下りて裏木戸から逃げようとした。

裏木戸から水戸藩の目付たちが入って来た。

「捕らえろ」

松木が命じた。

目付たちが浪人に殺到した。

「帯刀、水谷左内と徳兵衛は……」

「徳兵衛は、水谷が捕らえた」

「そうか……」

兵庫は安堵した。

「兵庫さま……」

新八の切迫(せっぱく)した声がした。

兵庫と松木は、新八の叫び声のした戸口の傍の座敷に入った。

戸口の傍の座敷では、水谷左内が腹を切ろうとしており、新八がしがみ付いていた。

「水谷……」

松木と兵庫は眉をひそめた。

「左内さまが、左内さまが腹を切ろうと……」

新八は、左内の切腹を必死に止めていた。

「水谷……」

「ま、松木さま、徳兵衛を調べれば、勘定頭の和田喜左衛門が藩の金子を持ち出した悪事が分かります」

「分かった。後は引き受けた」

「ならば、私は此迄……」

左内は、脇差を構えた。

「待て、水谷……」

松木は慌てた。

「屋敷内での刃傷沙汰は藩の御法度、切腹が御定法……」

左内は、息を鳴らした。

「しかし、水谷。それは……」

松木は焦った。

「水谷、おぬしの覚悟、良く分かった」

兵庫は告げた。

「黒木さま……」

左内は、安堵を過らせた。

「兵庫……」

松木は戸惑った。

「帯刀、水谷左内は良く働いた。望みを叶えてやろう」

兵庫は微笑んだ。

「兵庫……」

「水谷左内、私が介錯をしよう」

兵庫は告げた。

「忝うございます」

左内は、兵庫に会釈をして脇差を構えた。

「ならば……」

兵庫は、左内の背後に立ち、胴田貫を八双に構えた。

松木と新八は、緊張に震えた。

「いざ……」

左内は、脇差を腹に突き立てようとした。

兵庫は、一瞬早く胴田貫を煌めかせて斬り下げた。

閃光が走った。

水谷左内は、前のめりにゆっくりと崩れ落ちた。


手入れの行き届いた庭には、小鳥の囀りが飛び交い、木洩れ日が揺れた。

座敷に敷かれた蒲団の上には、右太股と背に晒しを巻いた水谷左内が呆然とした面持ちで座っていた。

「左内さま、お薬です」

おみよが、薬を煎じた土瓶と湯飲み茶碗を持って入って来た。

「うむ……」

おみよは、煎じ薬を湯飲み茶碗に注ぎ、左内に差し出した。

左内は、煎じ薬を飲んだ。

「おみよ、此の寺は……」

「入谷の瑞泉寺と云って、黒木兵庫さま縁のお寺だそうです」

「黒木さまの……」

「はい。病のおっ母さんと妹のおさよもお世話になっております」

おみよは微笑んだ。

「そうか……」

「はい。黒木さまのお話では、松葉屋徳兵衛が何もかも白状し、勘定頭の和田喜左衛門さま、死罪になったそうです」

おみよは告げた。

「和田さまが死罪……」

「はい……」

「それにしても、おみよ。俺は黒木さまの介錯で腹を切った筈なのだが……」

左内は、戸惑いを浮かべた。

「はい。黒木さまが無双流介錯剣を使ったそうです」

「無双流介錯剣……」

左内は眉をひそめた。

「はい。刀の峰を返して首筋を打ち据える剣だそうですよ」

「峰を返して……」

「はい……」

おみよは頷いた。

兵庫は、左内が脇差を腹に突き刺す寸前に、峰に返した刀を首に打ち込んだのだ。

左内は気が付いた。

本堂から経が響き始めた。

「あっ。道源和尚さまと源心さんのお勤めの刻限です」

おみよは、土瓶と湯飲み茶碗を片付けた。

「じゃあ、又後で……」

おみよは、土瓶と湯飲み茶碗を持って座敷から出て行った。

道源と源心の経は、朗々と響き続けた。

「無双流介錯剣……」

左内は、庭を見詰めて呟いた。

庭には小鳥の囀りが飛び交い、木洩れ日が煌めいた。

第二話　化けの皮

一

向島の土手道の桜並木は満開の花を咲かせ、隅田川には花見客を乗せた多くの屋根船が行き交っていた。

向島の土手道の桜並木は、吹き抜ける微風に花片を散らしていた。

花片は微風に吹かれ、多くの花見客の頭上を舞い、水戸藩江戸下屋敷にも飛んで来ていた。

奥御殿の庭には、若君京之介の気合いと木刀の打ち合う甲高い音が響いていた。

稽古着姿の京之介は、納戸方御刀番頭の黒木兵庫の下男の新八と木刀を打ち合い、汗を飛ばして剣術の稽古に励んでいた。

十九歳の新八は、兵庫の父親嘉門に剣を仕込まれており、それなりの遣い手だった。

京之介と新八は、浮かぶ汗を拭いながら木刀を鋭く打ち合って稽古をした。

桜の花片は、微風に乗って奥御殿の庭にも舞い込んだ。

「京之介さま、此迄にございます」

新八は、木刀を引いた。

「うん……」

京之介は、木刀を置いて鉢巻きを取り、手拭で汗を拭った。

「どうだ、新八。少しは上手くなったかな」

京之介は尋ねた。

「そりゃあもう。木刀の動き、以前より格段に早くなっています」

新八は告げた。

「そうか。良かった」

京之介は、嬉しげに笑った。

「では、剣術の稽古は此で……」

「うん。して、新八。此からどうする」

「はい。京之介さまとお眉の方さまの御用がなければ、小石川の上屋敷に戻りますが……」

新八は告げた。

「じゃあ、新八。見物に行こう」

京之介は、笑顔で誘った。

「桜ですか……」

「いや。花見の客だ……」

「花見の客……」

新八は戸惑った。

「うん。面白いよ、花見客の酔っ払いは……」

京之介は、新しい遊び、珍しい物を見付けたように言葉を弾ませた。

向島の土手では、多くの花見客が桜の花片を浴びながら賑やかに酒を飲んでいた。

京之介と新八は、花見客を眺めながら土手道を進んだ。

酔って木に登る者、大声で歌う者、大笑いをしている者、口論をする者、裸踊りをする者……。

　花見客には様々な酔っ払いがいた。

　京之介は、物珍しそうに眺めては笑った。

「新八、人は酒を飲んで酔っ払うといろんな事をするんだな」

　京之介は苦笑した。

「ええ。そして、命を落とす事もある……」

　新八は眉をひそめた。

「命を落とす……」

　京之介は緊張した。

「京之介さま。酒は人を変え、人を狂わせます。酒は程々に飲み、決して酒に飲まれて正体を失ってはなりませぬ」

　新八は告げた。

「うん……」

　京之介は、恐ろしそうに頷いた。

「と、我が師匠の教えにございます」

　新八は笑った。

「師匠とは、黒木嘉門さまか……」

「ええ……」

「そうか。嘉門さまの教えなら、俺も守る」

京之介は頷いた。

「それが良いかと……」

新八は、笑顔で頷いた。

「掏摸(すり)だ。誰か、掏摸だぁ……」

男の叫び声が上がり、十五、六歳程の職人姿の少年が、花見客を突き飛ばさんばかりの勢いで土手道を走って来た。

「京之介さま……」

新八は、京之介を土手道の端に寄せて身構えた。

掏摸の少年は、猛然と走って来た。

花見客たちは、悲鳴を上げて左右に散った。

掏摸の少年は、逃げ遅れた質素(しっそ)な形(なり)の町方の年増(としま)とぶつかりそうになって躱(かわ)し、土手道から転げ落ちた。

新八は見た。

追って来た者たちが、土手下に倒れている掏摸の少年に殺到した。

「捕まえたぞ、此の餓鬼……」

「返せ。旦那から掏り取った財布を返せ」

掏摸の少年を捕まえた者たちは、口々に責め立てた。

「知らねえ。俺は何も知らねえ」

掏摸の少年は叫んだ。

「いや、お前だ。お前が私の財布を掏り取ったんだ」

白髪頭の旦那が、手代たちに支えられて土手下に下りてきた。

新八と京之介は、土手の上から野次馬たちと見守った。

「だったら調べろ。俺が旦那の財布を掏ったってんなら、裸にでも何でもしやがれ」

掏摸の少年は叫んだ。

手代たちは、掏摸の少年の着物を乱暴に剝ぎ取り、下帯一本にした。だが、掏摸の少年の何処にも財布はなかった。

「ない。旦那さまの財布がない……」

手代は焦った。

「だから、俺は知らねえと云ったんだ」

掏摸の少年は怒鳴った。

「でも、でも……」

手代は、激しく狼狽えた。

野次馬たちは、眉をひそめて囁き合った。

「此の落とし前、どう着けてくれるんだ」

掏摸の少年は開き直った。

「そ、それは……」

手代たちは項垂れた。

新八は、見守っている野次馬たちを見廻した。

だが、少年とぶつかりそうになった質素な形の町方の年増は、既に何処にもいなかった。

新八は苦笑した。

掏摸の少年は、質素な形の町方の年増とぶつかりそうになった時、財布らしき物を素早く渡した。

新八は見たのだ。

だが、掏摸は現行犯でなければ捕まえられない。

「どうしたの……」

京之介が、怪訝(けげん)な眼を向けた。

「いえ。ちょいと……」

新八は、言葉を濁(にご)した。

「あいつ、掏摸じゃあなかったね」

京之介は笑った。

「いえ。掏摸です」

新八は眉をひそめた。

「じゃあ、直(す)ぐに捕まえなきゃあ……」

「無理です」

「どうして、未だあそこで着物を着ているよ」

京之介は、土手下で股引(ももひき)を穿(は)き、着物を着ている掏摸の少年を示した。

「京之介さま、掏摸は確かな証拠となる盗んだ財布を持っていない限り、捕らえる事は出来ないのです」

新八は教えた。

「そうなのか……」

京之介は、土手道を吾妻橋の方へ向かう掏摸の少年を見送った。

「じゃあ、京之介さま、そろそろお屋敷に……」

新八は促した。

「うん……」

京之介と新八は、土手道を水戸藩江戸下屋敷に向かった。


吾妻橋は、水戸藩江戸下屋敷の傍の源森川に架かる源森橋の向こうだ。

新八は、先を行く掏摸の少年の後ろ姿を見ながら進んだ。

水戸藩江戸下屋敷が近付いた。

「では、京之介さま……」

「うん。ではな、新八。又明日……」

「はい。又明日……」

新八は、水戸藩江戸下屋敷の表門脇の潜り戸に入って行く京之介を見届け、源森橋を渡った。

掏摸の少年は、吾妻橋を渡り始めていた。

新八は、足早に掏摸の少年を追った。

隅田川に架かっている吾妻橋は、北本所と浅草広小路を結び、多くの人が渡っていた。

掏摸の少年は、吾妻橋を浅草広小路に進んだ。

新八は、人込みに紛れて尾行た。

掏摸の少年は、吾妻橋の西詰を下り、浅草花川戸町を隅田川沿いの道に曲がった。

「佐吉ちゃん……」

吾妻橋の袂にいた質素な形の町方の年増が、掏摸の少年を呼び止めた。

「おきちさん……」

佐吉と呼ばれた掏摸の少年は、笑みを浮かべて立ち止まった。

「御苦労だったね」

おきちと呼ばれた質素な形の町方の年増は、佐吉に近付いた。

向島の土手道で、佐吉とぶつかりそうになった質素な形の町方の年増だ。

新八は、吾妻橋の欄干(らんかん)の陰から見定めた。

佐吉とおきち……。

新八は、掏摸の少年が佐吉、質素な形の町方の年増がおきちと云う名だと知った。

おきちと佐吉は、隅田川沿いの道を花川戸町から山之宿町(やまのしゅくまち)に向かった。

よし……。

新八は尾行た。

花川戸町、山之宿町、金龍山下瓦町(きんりゅうざんしたかわらまち)……。

佐吉とおきちは進み、山谷堀(さんやぼり)に架かっている今戸橋(いまどばし)を渡り、今戸町に入った。

新八は追った。

佐吉とおきちは、今戸橋の袂にある板塀を廻した家に入った。

新八は見届けた。

板塀に囲まれた家は、静けさに覆(おお)われていた。

「十五、六歳の掏摸か……」

黒木兵庫は、猪口(ちょこ)の酒を啜(すす)った。

「はい。職人の形をしていましてね。お店の旦那から掏り取った財布を質素な形の町方の年増に素早く渡してから捕まり、下帯一本になって知らぬ存ぜぬです」

新八は、表御殿の台所から持って来た惣菜を膳に整えて兵庫の前に置いた。

「そいつは、京之介さまも驚いただろうな」

「ええ。目を丸くして……」

「そうか。ま、掏摸の手口を知っておくのも悪くはあるまい」

兵庫は笑った。

「それから掏摸の佐吉、吾妻橋の袂で質素な形の町方の年増のおきちと落ち合いましてね」

「佐吉におきちか……」

「はい。で、二人して今戸橋の袂の板塀を廻した家に入って行きましたよ。戴きます」

新八は、自分の膳も用意して夕餉を食べ始めた。

「して、板塀を廻した家、どう云う家だったのだ」

「えっ……」

「新八の事だ。調べずに戻って来る事はあるまい」

兵庫は笑った。

「はい。今戸町の米屋の手代にそれとなく訊いたんですが、今戸橋の袂の家の主は、今戸の久六って口利き屋だそうです」

新八は報せた。

「口利き屋……」

兵庫は戸惑った。

「はい。品物の売り買い、人と人との引き合わせ、喧嘩の仲裁なんかをする稼業だとか……」

新八は告げた。

「ほう。そんな稼業なのか……」

「はい。で、佐吉たち孤児を何人か預かって、おきちに面倒を見させている人徳者だと……」

「孤児を預かる人徳者……」

兵庫は眉をひそめた。

「はい……」

「その預かっている孤児の佐吉が掏摸か……」

兵庫は、薄い笑みを浮かべた。

「兵庫さま……」

「新八、今戸の久六、明日からちょいと調べてみるんだな」

兵庫は、猪口に酒を満たした。

「でも、明日は京之介さまと……」

「下屋敷には、俺が代わりに行く」

「兵庫さまが……」

「さあて、京之介さま。どのくらい剣の腕が上達したかな」

兵庫は、笑みを浮かべて猪口に満たした酒を飲み干した。

御刀番頭の黒木兵庫は、殿の佩刀(はいとう)の手入れを済ませて水戸藩江戸上屋敷を出た。

新八は、既に浅草今戸町の今戸の久六を調べに行っていた。

兵庫は、京之介とお眉の方に久し振りに逢うのを楽しみに足を速めた。

下谷から浅草に抜け、隅田川に架かっている吾妻橋を渡る。

兵庫は先を急いだ。

隅田川には様々な船が行き交っていた。

新八は、山谷堀に架かっている今戸橋の袂から板塀に囲まれた久六の家を眺めた。

久六の家の前では、前掛に襷姿のおきちが八歳程の男の子と女の子の三人で掃除をしていた。

男の子と女の子は孤児か……。

新八は、おきちと共に掃除に励む男の子と女の子を見守った。

おきちと子供たちは、掃除を終えて板塀の中に入って行った。

よし……。

新八は、今戸の久六の素性を調べる事にした。


「で、なんだい……」

浅草今戸町の木戸番は、新八に渡された銭を握り締めた。

「今戸には、孤児を引き取って世話をしている人徳者がいるんですって……」

新八は尋ねた。

「ああ。今戸の久六さんかい……」

木戸番は頷いた。

「うん。その今戸の久六さん、何人ぐらい孤児の面倒を見ているのかな」

「確か今は、五人だと聞いているよ」

「五人か……」

佐吉は、五人の孤児の一人なのだ。

「ああ……」

「孤児を五人も世話するなんて、久六さんは口利き屋だって聞いたけど、そんなに儲かる仕事なのかな」

新八は首を捻った。

「さあて、儲かる仕事かどうかは分からないけど、久六さん、いろいろな仕事をして来たそうでね」

「いろんな仕事って云うのは……」

「骨董屋や骨董の目利き、それから御武家の屋敷の小者や中間頭なんかをして来たって聞いているよ」

「武家屋敷の小者や中間頭……」

新八は眉をひそめた。

「ああ。金目の骨董でも掘り出したのかもしれないな」

木戸番は苦笑した。

「う、うん……」

新八は、追従笑いをした。

人徳者の今戸の久六の素性は、結局何も分からなかった。


水戸藩江戸下屋敷には、桜の花片が舞い込んでいた。

黒木兵庫は、京之介とお眉の方に挨拶をした。

京之介とお眉の方は、久し振りに訪れた兵庫を歓迎した。

「兵庫、久し振りに剣術の稽古を付けてくれ」

京之介は、声を弾ませた。

「勿論です。新八の話では、京之介さまは腕を上げたそうにございますな」

兵庫は笑った。

「うん……」

京之介は、張り切って頷いた。

「ならば、稽古をしますか……」

「心得た。直ぐ仕度をする」

京之介は、座敷から出て行った。

「兵庫どの。京之介は近頃、気儘勝手になっています。厳しくお願いしますよ」

お眉の方は告げた。

「心得ました」

兵庫は、笑みを浮かべて頷いた。

二

木刀の打ち合う音が、江戸下屋敷の庭に甲高く響いた。

京之介の木刀は唸りを上げた。

十三歳の少年にしては、鋭い打ち込みだった。

新八の云う通り、京之介はかなり腕を上げていた。

京之介は、気合いを発し、猛然と兵庫に打ち掛かった。

兵庫は、京之介の木刀を絡め飛ばした。

京之介は、木刀を失って怯みながらも兵庫に組み付いた。

兵庫は、京之介を投げ飛ばした。

京之介は、庭に倒れ込んだ。

「此迄ですかな……」

兵庫は、笑い掛けた。

「未だ未だ……」

京之介は、飛ばされた木刀を拾って兵庫に打ち掛かった。

兵庫は、打ち合った。

京之介の気合いと木刀の打ち合う音は、途切れる事はなかった。


金龍山浅草寺の境内は、参拝客で賑わっていた。

新八は、門前町の一膳飯屋で腹拵えをして境内にやって来た。そして、参拝を終えて階を下りようとした時、賑わいの中を佐吉が横切って行くのが見えた。

佐吉……。

新八は、階を下りて佐吉を追った。

佐吉は、人込みの中を巧みに進んでいた。

何処に行くのだ……。

新八は、佐吉の前を窺(うかが)った。

佐吉の前には、商家の旦那風の初老の男がいた。

まさか……。

佐吉は、旦那風の初老の男を尾行(つけ)ている。

新八は読んだ。

佐吉は、旦那風の初老の男の懐(ふところ)を狙い、後を尾行ているのか……。

新八は睨(にら)み、佐吉を尾行た。


商家の旦那風の初老の男は、茶店に入って茶を頼み、縁台(えんだい)に腰掛けている粋(いき)な形(なり)の年増の隣に腰を下ろした。

佐吉は、旦那風の初老の男を物陰から窺った。

新八は、佐吉を見守った。

旦那風の初老の男は、隣の粋な形の年増と楽しげに言葉を交わしていた。

佐吉は、物陰から見張った。

粋な形の年増と待ち合わせをした旦那風の初老の男の財布を狙っている……。

新八は睨んだ。

僅かな刻が過ぎた。

旦那風の初老の男と粋な形の年増は、茶店を出て境内を東門に向かった。

佐吉は、人込みを東門に先廻りした。

新八は続いた。


浅草寺の東門を出ると宿坊が並び、花川戸町や山之宿町の町方の地となり、料理屋や茶店に混じって曖昧宿などもあった。

旦那風の初老の男と粋な形の年増は、料理屋に行こうと東門を出た。

刹那、先廻りをした佐吉が現れ、旦那風の初老の男と擦れ違った。

「あっ、掏摸だ……」

旦那風の初老の男は叫んだ。

佐吉は逃げた。

髭面の浪人が、佐吉の行く手を塞いだ。

佐吉は怯んだ。

「小僧、掏摸か……」

髭面の浪人は刀を抜き、佐吉に斬り付けようとした。

佐吉は、立ち竦んだ。

次の瞬間、新八が髭面の浪人に体当たりをした。

髭面の浪人は、不意を突かれて倒れた。

「逃げるぞ……」

新八は、佐吉に怒鳴って走った。

佐吉は、慌てて続いた。

「おのれ。待て、小僧……」

髭面の浪人は、熱り立った。

新八と佐吉は逃げた。


隅田川は緩やかに流れていた。

佐吉は、船着場で顔を洗った。

新八は見守った。

佐吉は、濡れた顔を手拭で拭きながら新八の許に来た。

「助かったぜ。兄い……」

佐吉は、新八に人懐っこく笑い掛けた。

「兄いは止めろ、俺は新八だ……」

新八は苦笑した。

「新八の兄貴ですか。あっしは佐吉って者です」

「佐吉か……」

「はい……」

「佐吉、どうして掏摸なんてするんだ」

新八は、佐吉を見据えた。

「えっ……」

佐吉は戸惑った。

「何故、掏摸を働くんだ」

「そ、それは……」

佐吉は、哀しげに俯いた。

「佐吉、掏摸なんてしていると、此からも今日のような危ない目に遭い、いつかは命を落とす。それでも良いのか……」

新八は心配した。

「俺だって……」

佐吉は、言葉を途切らせた。

「佐吉。俺だって何だ……」

「俺だって掏摸なんて、やりたくない……」

佐吉は、涙声で告げた。

「だったら、どうして……」

「俺が掏摸をして金を稼がなきゃあ、直太(なおた)やおたまたち皆が飯を食わせて貰(もら)えないからだよ……」

「何……」

新八は眉をひそめた。

「新八さん、世話になったね。礼を云うよ」

佐吉は、新八に頭を下げて船着場から走り出た。

「佐吉……」

新八は見送った。

佐吉は、駆け去って行った。

大きな荷船が通り、船着場には小波(さざなみ)が打ち付けた。

「孤児を引き取り、面倒を見ている人徳者の今戸の久六、元は骨董屋や目利き、武家屋敷の中間か……」

兵庫は眉をひそめた。

「ええ。孤児を引き取って面倒を見る金などとてもあるようには見えず、骨董品の掘出し物(ほりだもの)でも見付けたのかと思っていたのですがね。どうやら、佐吉たち孤児に掏摸を働かせているようなんですよ」

新八は、腹立たしげに告げた。

「うむ。新八の話を聞く限り、どうやら間違いないようだな」

兵庫は頷いた。

「はい。孤児を引き取って掏摸をさせている。今戸の久六、とんだ人徳者ですよ」

新八は、吐き棄てた。

「うむ。新八、久六の家には、十五、六歳の佐吉を始め、孤児は何人いるのかな」

「五人だと聞きました」

「五人か。して、今戸の久六の他におきちって女が孤児の世話をしているのだな」

「はい。きっと……」

新八は頷いた。

「新八、佐吉は仲間の幼い孤児を押さえられ、掏摸を止めたくても止められないんだな」

兵庫は読んだ。

「はい……」

「よし、新八。引き続き、今戸の久六と佐吉たちを調べろ」

兵庫は命じた。

「はい……」

新八は頷いた。

「人徳者の今戸の久六が外道だと云う確かな証拠を押さえ、佐吉たち孤児を解き放ち、自由の身にしてやるのだ」

兵庫は笑った。

山谷堀は三之輪から新吉原の前を抜け、今戸橋の下から隅田川に流れ込んでいる。

新八は、今戸橋の袂から今戸の久六の家を眺めた。

久六の家を囲む板塀の木戸門が開き、佐吉が十一、二歳の男の子と女の子と一緒に出て来た。

新八は見守った。

佐吉たち三人は、重い足取りで浅草広小路に向かった。

佐吉たち三人は金を稼ぎに行く……。

新八は読んだ。

無事に帰って来てくれ……。

新八は願い、見送った。

僅かな刻が過ぎた。

久六の家の板塀の木戸門が開き、初老の肥(ふと)った男がおきちに見送られて出て来た。

今戸の久六……。

新八は睨んだ。

今戸の久六は、おきちに厳しい面持(おもも)ちで何事かを言い付け、浅草広小路に向かった。

よし……。

新八は、今戸橋を渡って浅草広小路に進む今戸の久六を追った。

浅草広小路は、金龍山浅草寺の参拝客と本所へと向かう人で賑わっていた。

久六は、人徳者らしい福々しい顔に笑みを浮かべ、擦れ違う知り合いに挨拶をしながら進んだ。

人徳者の皮を被った外道……。

新八は、久六の肥った後ろ姿を睨み付けながら尾行た。

浅草寺境内は参拝客が行き交っていた。

兵庫と京之介は、本堂での参拝を終えて境内の隅の茶店で磯辺巻を食べ、茶を飲んだ。

「どうです。美味いですか……」

「うん。でも、道中の茶店で食べた磯辺巻の方が美味かったな」

京之介は笑った。

「道中の茶店……」

兵庫は、京之介が虎松と称していた幼い時、一緒に水戸から江戸への逃れ旅をした。その時、食べた磯辺巻を云っているのだと気が付いた。

「うん。磯辺巻を初めて食べて、美味しかったなあ」

京之介は、そう云いながら磯辺巻を食べた。

「覚えているんですか……」

兵庫は、笑い掛けた。

「うん。母上と離れたのも、お城を出たのも、旅に出たのも、磯辺巻を食べたのも、皆初めてだから忘れないようにしているんだ」

京之介は、己の言葉に頷きながら磯辺巻を食べ、茶を飲んだ。

「そうですか……」

兵庫は頷いた。

五歳だった京之介にとって、兵庫と二人で江戸迄の道中は初めて尽しの衝撃だったのだ。

兵庫は、茶を飲む京之介を窺った。

「あっ……」

京之介が、行き交う参拝客を見て短い声を上げた。

どうした……。

兵庫は、京之介の視線を追った。

京之介の視線の先には、十五、六歳の職人の形をした少年がいた。

「あの者がどうかしましたか……」

兵庫は尋ねた。

「掏摸だよ」

「掏摸……」

「はい。向島の土手で新八と見た掏摸です」

京之介は、職人の形の少年を見詰め、喉を鳴らして頷いた。

佐吉……。

兵庫は、京之介が掏摸だと云った職人の形の少年が、新八の云っていた佐吉だと知った。

「誰かから財布を掏ろうとしているのかな」

京之介は、佐吉を見守った。

「ちょいと追ってみますか……」

「うん……」

京之介は頷いた。

「ならば……」

兵庫は、茶代を払って京之介と一緒に佐吉を追った。

武家の隠居（いんきょ）……。

大店（おおだな）の旦那……。

商家のお内儀（ないぎ）……。

町医者……。

佐吉は、浅草寺の境内に獲物を捜した。だが、今一つ気乗りがせず、只々（ただただ）人込みを彷徨（さまよ）い歩いていた。

兵庫と京之介は、佐吉を尾行た。

刻が過ぎた。

佐吉は、浅草寺の境内の雑踏（ざっとう）を動き廻るだけだった。

兵庫と京之介は尾行た。

浅草寺の鐘が未(ひつじ)の刻八つ(午後二時)を報せた。

佐吉は、参道に並ぶ露店(ろてん)の団子屋(だんごや)で安い団子を四本買い、境内の奥に進んだ。

何処に行く……。

兵庫と京之介は追った。

佐吉は、団子を懐に入れて浅草寺本堂の奥にある三社権現(さんじゃごんげん)に進んだ。


三社権現に参拝客は少なかった。

佐吉は、三社権現の裏手に廻った。

裏手には、十一、二歳程の男の子と女の子がいた。

「直太、おたま……」

「あっ。佐吉ちゃん……」

直太におたまと呼ばれた十一、二歳の男の子と女の子は、佐吉に駆け寄った。

「腹減っただろう。食べな……」

佐吉は、露店で買った団子を直太とおたまに渡した。

「うん……」

直太とおたまは、嬉しそうに団子を食べ始めた。

「美味いか……」

「うん。あれ、佐吉ちゃんは食べないの……」

おたまは訊いた。

「ああ。俺はもう食べたから、二人で食べな」

佐吉は笑った。

「じゃあ、おたまちゃん、二本ずつだ」

直太は喜んだ。


兵庫と京之介は、三社権現の陰から佐吉たちを窺った。

「兵庫……」

京之介は、戸惑いを浮かべた。

「ええ……」

佐吉は、年下の孤児の直太とおたまに団子を食わせ、自分は食わずに我慢するつもりなのだ。

「あの掏摸、団子なんか食べていないよね」

京之介は首を捻(ひね)った。

「お金がないから、年下の者に食べさせ、自分は食べた振りをする……」

兵庫は告げた。

「どうして……」

「上に立つ者は下の者を可愛がり、己を犠牲にしてでも面倒を見るものです」

「へえ、そうなんだ……」

京之介は、感心したように佐吉を見た。

兵庫は、笑みを浮かべた。


佐吉は、団子を食べ終えた直太とおたまを連れて三社権現の裏から出た。

兵庫と京之介は、佐吉たちに続いた。

「掏摸だ。誰か捕まえてくれ、掏摸だ……」

男の叫び声が聞こえ。半纏を着た男が猛然と逃げて来た。

佐吉は、慌てて直太とおたまを脇に寄せて庇った。

兵庫と京之介は見守った。

半纏を着た男は、佐吉たちの足許に印伝革の財布を放り投げて走り去った。

同心と岡っ引、そして大店の旦那と手代が追って来た。

直太は、怪訝な面持ちで半纏を着た男が投げ棄てた印伝革の財布を拾った。

同心と岡っ引が駆け寄って来た。

「あっ、財布だ。私の財布だ……」

大店の旦那が、直太の手から印伝革の財布を取り上げた。

「おい、小僧。お前たち、掏摸から掏った財布を預かる役目だな」

岡っ引は、直太の腕を摑んだ。

「違う。俺たちは拘わりねえ。あの掏摸が勝手に投げていったんだ」

佐吉は、慌てて直太を庇った。

「煩せえ。旦那……」

「うむ。小僧、あの掏摸は何処の誰だ」

同心は、佐吉に迫った。

「知らない。俺たちは本当に拘わりないんだ」

佐吉は、直太とおたまを庇って必死に叫んだ。

「黙れ。餓鬼共を自身番に引き立てろ」

同心は、岡っ引に命じた。

直太とおたまが泣き出した。

「俺たちは拘わりねえ」

佐吉は怒鳴った。

「此の糞餓鬼……」

岡っ引は、佐吉を突き飛ばした。

佐吉は、飛ばされて倒れた。

「さあ、来い……」

岡っ引は、佐吉の胸元を鷲摑みにした。

「待て……」

兵庫は進み出た。

京之介は続いた。

「お役人、その子供たちは逃げた掏摸と拘わりはないぞ」

兵庫は告げた。

「何……」

同心は戸惑った。

「私は、掏摸が此の子たちに財布を投げ付けて逃げ去ったのを見た」

「お、おぬしは……」

「水戸藩黒木兵庫だ……」

兵庫は名乗った。

「同じく黒木京之介……」

京之介は続いた。

「水戸藩の黒木兵庫どの……」

「如何にも。此の子たちが逃げた掏摸に拘わりがないのは、私が請負おう」

兵庫は、同心に笑い掛けた。

「く、黒木どのが……」

「左様。以後、此の子たちに用があれば、水戸藩江戸上屋敷に御刀番頭の黒木兵庫を訪ねて来られるが良い」

兵庫は、同心を厳しく見据えた。

「は、はい……」

同心は怯んだ。

「よし。ならば、京之介、皆と一緒にな」

「はい、父上。さあ、皆、行くぞ」

京之介は、佐吉、直太、おたまを促して東門に向かった。

「では、御無礼致す」
兵庫は、同心と岡っ引に笑い掛けて京之介たちに続いた。

三

浅草広小路から蔵前通り、神田川に架かっている浅草御門を渡って両国広小路……。
両国広小路には露店や見世物小屋が連なり、多くの人で賑わっていた。
今戸の久六は、両国広小路の雑踏を抜けて薬研堀に出た。
新八は、薬研堀と大川の繋がりに架かっている元柳橋の袂から見守った。
今戸の久六は、薬研堀に並んでいる家の一軒に入った。
誰の家に何しに来たのか……。
新八は、辺りを見廻した。
大川から薬研堀に猪牙舟が入って来た。
船頭は、薬研堀の船着場に下りて猪牙舟を舫った。
よし……。
新八は、船頭に駆け寄った。

「ちょいとお尋ね致しますが、あの家は何方の家か御存知ですか……」

新八は、久六の入った家を示した。

「ああ。あの家は女衒の八兵衛さんの家だよ」

船頭は眉をひそめた。

「女衒……」

新八は、思わず声を上げた。

「ああ……」

船頭は、声を潜めて頷いた。

〝女衒〟とは、女を遊女に売るのを生業にした者を称した。

遊女に売ると云っても、人身売買は御法度であり、表向きは年季奉公の口利きをする者だ。

「そうですか、あの家は女衒の八兵衛さんの家ですか……」

新八は眉をひそめた。

「ああ。女衒と云っても、近頃は子供の年季奉公先の周旋もしているって話だよ」

船頭は、胡散臭そうに女衒の八兵衛の家を眺めた。

今戸の久六は、女衒の八兵衛と何らかの拘わりがある。

何が人徳者だ……。

新八は、腹立たしさを覚えた。

「じゃあ、あっしは此で……」

船頭は立ち去って行った。

「あっ。御造作をお掛けしました」

新八は、礼を云って見送った。

久六の野郎……。

新八は、人徳者今戸の久六の本性の欠片を知った。


浅草寺門前の蕎麦屋は、夕暮れ前の暇な時を迎えていた。

兵庫は、京之介や佐吉、直太、おたまを連れて蕎麦屋の座敷に上がり、蕎麦を振る舞った。

京之介、佐吉、直太、おたまは美味そうに蕎麦を手繰った。

食べる早さは京之介が一番だった。

「父上、お代わりをして良いですか……」

京之介は、手を上げて兵庫に訊いた。

「ああ。良いとも……」

兵庫は頷いた。

「皆、お代わりしよう」

京之介は、佐吉、直太、おたまを誘った。

佐吉、直太、おたまは、遠慮勝ちに顔を見合わせた。

「遠慮は無用だぞ」

兵庫は苦笑した。

「じゃあ、俺もお代わり……」

佐吉は告げた。

直太とおたまも続いた。

京之介、佐吉、直太、おたまは、蕎麦を食べた。そして、食べ終えた京之介は、直太やおたまと遊び始めた。

浅草寺の鐘が申の刻七つ（午後四時）を報せた。

「あっ。申の刻七つの鐘だ。黒木さま、俺たちそろそろ帰らなきゃあ……」

「佐吉、そのまま帰って無事でいられるのか……」

兵庫は囁いた。

「えっ……」

佐吉は戸惑った。

「私は新八の身内の者だ」

兵庫は笑った。

「新八の兄貴の……」

佐吉は、眼を瞠った。

「うむ。佐吉の事は新八から聞いた」

「そうでしたか……」

佐吉は項垂れた。

「佐吉、何の稼ぎもなく今戸の久六の許に帰って、大丈夫なのか……」

兵庫は心配した。

「折檻をされるでしょうが、いつもの事ですから……」

佐吉は、淋しげに笑った。

「ならば佐吉、取り敢えず、此奴を持って行け……」

兵庫は、腰から印籠を外して差し出した。

「黒木さま……」

「その印籠、売れば一両にはなる筈だ」

兵庫は笑った。

「一両……」

佐吉は驚いた。

「それはそうとして佐吉、直太、おたま。私は黒木兵庫、何か困った事があったら、小石川にある水戸藩江戸上屋敷に訪ねて来い。良いな」

兵庫は、笑い掛けた。

「黒木さま……」

おたまは、兵庫を見上げた。

「何だ、おたま……」

「ゆりちゃんや良ちゃんも一緒に行って良い」

おたまは尋ねた。

「ゆりちゃんと良ちゃん……」

兵庫は戸惑った。

「一緒にいるおゆりと良助の事だよ」

直太が告げた。

「そうか、仲間か。良いとも、一緒に来るが良い」

兵庫は笑った。


神田川の流れは夕陽に煌めいた。

浅草御門の袂の一膳飯屋は、夕暮れの風に暖簾を揺らしていた。

今戸の久六は、薬研堀の女衒の八兵衛の家から真っ直ぐ一膳飯屋に来た。

一膳飯屋には、半纏を着た中年男が酒を飲みながら待っていた。

久六は、半纏を着た中年男と酒を飲み始めた。

新八は、久六の後ろに座って浅蜊のぶっ掛け飯を注文し、耳を澄ませた。

「で、久六さん。八兵衛さんとの話は如何でしたか……」

半纏を着た中年男は、酒を飲みながら尋ねた。

「ああ。おたまを二十五両で引き取ってくれるそうだ。で、喜助、おたまに替わる孤児はいるのか……」

「ええ。六歳になる女の孤児がいますよ」

喜助と呼ばれた半纏を着た中年男は、酷薄な笑みを浮かべて告げた。

「そいつは良いねえ」

久六は、嬉しげに酒を飲んだ。

新八は読んだ。

今戸の久六は、孤児のおたまを女衒の八兵衛に売り飛ばし、新たな女の孤児を引き取ろうとしているのだ。

新八は、腹の底から湧いてくる怒りを覚えた。

一膳飯屋の窓の古びた障子は、夕陽に赤く染まり始めた。


兵庫と京之介は、吾妻橋の袂で佐吉、直太、おたまと別れた。

佐吉、直太、おたまは、手を振りながら隅田川沿いの道を今戸町に帰って行った。

京之介は、手を振って見送った。

「父上……」

「京之介さま、父上は終わりです」

兵庫は苦笑した。

「は、はい。どうにかならないのかな」

京之介は、腹立たしげに告げた。

「何がですか……」

「佐吉と直太やおたまです。一刻も早く掏摸の親方の久六から助けてやろう」

京之介は意気込んだ。

「京之介さま、助けるのは容易な事です。ですが、助けた後の佐吉たちをどうするかです」

「そ、それは……」

「佐吉たち子供だけでは家を借りたり、住んだりは出来ませんよ」

「うん……」

京之介は項垂れた。

「京之介さま、佐吉たちに何をしてやれるか、良く思案してやって下さい」

兵庫は告げた。

「うん……」

京之介は頷いた。

夕陽は隅田川の流れに映えた。

燭台の火は瞬いた。

「何、今戸の久六。八兵衛なる女衒におたまを二十五両で売るだと……」

兵庫は眉をひそめた。

「はい。そして、喜助なる博奕打ちから新たに幼い孤児を……」

新八は告げた。

「おのれ、今戸の久六……」

兵庫は、怒りを過らせた。

「で、兵庫さま、佐吉たちは……」

「うむ。浅草寺の境内で他の掏摸の騒ぎに巻き込まれ、役人に捕らえられそうになったのだが、私と京之介さまが拘わりないと証言して助けてやり、困った事があったら水戸藩江戸上屋敷に黒木兵庫を訪ねて来るように云っておいたが……」

「そうでしたか……」

「うむ……」

「兵庫さま、此のままではおたまは女衒の八兵衛に売られ、何れは女郎にされてしまいます。何とか助けてやれませんか……」

「うむ。新八、久六から助けるのは容易い事だが、肝要なのはその後だ」

兵庫は、厳しさを滲ませた。

「その後……」

「孤児の佐吉たちが、どうやって生きて行くかだ」

兵庫は、燭台の火を見詰めた。


夜の山谷堀には、舟が櫓を軋ませて行き交っていた。

今戸橋の袂の久六の家には、明かりが灯されていた。

久六の家の居間には、佐吉、直太、おたまが緊張した面持ちで座り、長火鉢の向こうで久六が煙草を燻らせていた。

おきちが、良助とおゆりを連れて来て座った。

「親方。皆、集まりました」

おきちは、久六に告げた。

「うん。皆、おたまが奉公に行く事になった」

久六は、おたまに笑い掛けた。

「えっ……」

おたまは驚いた。

佐吉と直太は緊張した。

「奉公先は今、薬研堀の八兵衛さんが探してくれている」

「親方。おたまちゃんは未だ十一歳です。奉公に出るのは未だ早いんじゃあ……」

おきちは訴えた。

「なあに、十歳を過ぎれば一人前だ。おきち、お前が此処に奉公に来たのは十歳の時だ。心配はいらないだろう」

久六は笑った。

「でも……」

「おきち、今度、六歳の女の孤児が来る。世話を頼むぜ」

「は、はい……」

おきちは頷いた。

「それだけだ。じゃあ、明日も早い、さっさと寝るんだな」

久六は、佐吉たちに退がるように云った。

佐吉、直太、おたまは、久六に頭を下げて居間を出た。

おきちは、良助とおゆりを連れて続いた。

久六は、冷笑を浮かべて茶を啜った。

おたまは、薄暗い部屋の隅に座って泣き始めた。

「おたまちゃん……」

直太は、啜り泣いた。

佐吉は言葉もなく、おたまを見守った。

薬研堀の八兵衛の口利きで行く奉公先は女郎屋であり、おたまもいずれは客を取らされるのだ。

此のままでいいのか……。

佐吉は、おたまの厳しい行く末を読み、哀れまずにはいられなかった。

佐吉は、思い悩んだ。

「おたまちゃん……」

おきちが、良助とおゆりを寝かし付けて部屋に入って来た。

「おきちさん……」

おたまは、おきちに縋り付いた。

「私、皆と別れて女郎屋に奉公したくない……」

おたまは、自分の行く末を読んで泣いた。

「おたまちゃん……」

おきちは、おたまを抱きしめた。

おたまは、嗚咽（おえつ）を洩（も）らした。

どうしたら良いんだ……。

佐吉は、迷い躊躇（ためら）った。

「佐吉ちゃん、明日、おたまちゃんを連れて逃げなさい」

おきちは囁いた。

「おきちさん……」

佐吉は緊張した。

「おたまちゃんを連れて、ここから逃げ出すんだよ」

「でも、俺とおたまちゃんが逃げたら、おきちさんが親方に酷い目に……」

「酷い目には此処に来た十歳の時から否（いや）って程、遭（あ）っている。今更、どうなっても、怖くはないよ」

おきちは、開き直った。

「そんな……」

「佐吉ちゃん、もう良いんだよ」

おきちは笑った。

哀しげで淋しげで凄絶な笑みだった。

「おきちさん……」

佐吉は、覚悟を決めた。

山谷堀から響いて来ていた舟の櫓の軋みは、吉原大門が閉まったのか途絶えていた。


隅田川には荷船が行き交っていた。

今戸の久六の家から、佐吉、直太、おたまが、おきちに見送られて出て来た。

「じゃあ、おきちさん。行って来ます」

佐吉は、おきちを見詰めて告げた。

「ええ。気を付けてね」

おきちは笑った。

「じゃあ……」

おたまは、おきちに頭を下げた。

「うん……」

おきちは、おたまに〝気を付けてね〟と目顔で告げた。

おたまは、泣き出しそうな顔で頷いた。

「じゃあ……」

直太は笑った。

佐吉、おたま、直太は、おきちに見送られて出掛けた。

おきちは見送った。

おたまは、おきちを何度も振り返った。

達者で暮らすんだよ……。

おきちの眼から涙が零れた。


佐吉は、おたまと直太を連れて浅草広小路の雑踏を抜けて下谷に向かった。

佐吉、おたま、直太は、固い面持ちで言葉も交わさず足早に進んだ。

傍らの一膳飯屋から半纏を着た中年男が現れ、怪訝な面持ちで佐吉たちを見送った。

博奕打ちの喜助だった。

新八は、隅田川沿いの道を来て今戸橋の袂から久六の家を窺った。

久六の家の前では、おきちが良助やおゆりと掃除をしていた。

佐吉たちはもう出掛けたのか……。

新八は、見張り続けた。


水戸藩江戸上屋敷は、殿さま斉脩が登城して束の間の安堵に浸っていた。

納戸方御刀番頭の黒木兵庫は、配下の者に仕事を命じて用部屋を出た。


「おう。出掛けるのか、兵庫……」

目付頭の松木帯刀が声を掛けてきた。

「うむ。向島にな……」

「京之介さまか……」

「うむ……」

「ならば、私が宜しく申していたとお伝えしてくれ」

松木は告げた。

「心得た。あっ、そうだ、帯刀……」

「何だ……」

「俺が留守の間、十五、六歳の佐吉と云う名の職人の形をした者が来たら、俺に代わって話を聞いてやってくれ」

兵庫は頼んだ。

「そいつは構わぬが、兵庫、先ず(まず)は門番や取次(とりつぎ)の番士に佐吉なる者の事を報せておくのだな……」

松木は苦笑した。

「おお、そうだな。門前払いをされてはならぬからな……」

兵庫は頷き、表門と裏門の門番と取次の番士たちに報せた。


思わぬ処で手間取った兵庫は、上屋敷前の神田川の船着場から藩の猪牙舟に乗り、向島の水戸藩江戸下屋敷に急いだ。

神田川から柳橋で大川に出る。そして、大川を遡(さかのぼ)り、吾妻橋を潜れば向島の水戸藩江戸下屋敷だ。

兵庫は、猪牙舟の船頭に急ぐように命じた。

猪牙舟は、兵庫を乗せて向島に急いだ。


佐吉は、おたまと直太を連れて水戸藩江戸上屋敷に来た。

水戸藩江戸上屋敷の表門には、家来や奉公人たちが出入りしていた。

佐吉は、立ち止まって喉を鳴らした。

「佐吉ちゃん……」

直太は怯んだ。

「し、心配するな……」

佐吉は、己を懸命に奮い立たせて表門の門番に近付いた。

直太とおたまは続いた。

「あの……」

佐吉は、門番に恐る恐る声を掛けた。

「うん……」

門番は、佐吉に怪訝な眼を向けた。

「あの、黒木さま、御刀番頭の黒木兵庫さまは御出(おい)でになりますか……」

佐吉は、不安そうに尋ねた。

「御刀番頭の黒木兵庫さま……」

「はい……」

佐吉は、喉を鳴らして頷いた。

「ひょっとしたら、お前さん、佐吉かな……」

門番は尋ねた。

「は、はい。佐吉です」

佐吉は、大声で頷いた。

「黒木さまは、たった今、お出掛けになった」

「お出掛けに……」

佐吉は、声を飲んだ。

「うむ。で、佐吉が来たら長屋で待っていろとの事だ」

門番は笑った。

「長屋で……」

佐吉は、緊張が解けて、思わずしゃがみ込んだ。

門番は、佐吉、おたま、直太を侍長屋の兵庫の家に案内してくれた。

「此処が黒木さまの家だ。今は新八も出掛けていて留守のようだ……」

「新八の兄貴も留守……」

「うん。ま、茶でも飲んで寛いで待っているが良いさ」

門番は、兵庫に頼まれていて笑顔で告げた。

「はい。ありがとうございます」

佐吉は頭を下げた。

おたまと直太が続いた。

「じゃあ、用があれば門番所に来るんだよ」

門番は出て行った。

佐吉、おたま、直太は、家の中を見廻した。

八畳の部屋には家財道具も少なく、殺風景なものだった。

佐吉、おたま、直太は、框に腰掛けて安堵の吐息を洩らした。

「佐吉ちゃん、大名屋敷の中なら久六の親方、追っ掛けて来れないね」

直太は、喜び笑った。

「ああ……」

「良かったね。おたまちゃん……」

「ええ。でも……」

おたまは、不安を過らせた。

「どうしたの、おたまちゃん……」

「おきちさんがどうなるかと思うと……」

おたまは俯いた。

「おきちさんか……」

直太は項垂れた。

「よし。おたまちゃんと直太は此処にいろ」

「佐吉ちゃん……」

「俺、おきちさんを見てくる」

佐吉は、侍長屋の兵庫の家から駆け出した。

四

向島は桜の花片が舞い散っていた。

兵庫を乗せた猪牙舟は、隅田川を遡って水戸藩江戸下屋敷の船着場に船縁を寄せた。

「御苦労だった」

兵庫は、船頭を労って猪牙舟を下り、下屋敷に駆け込んだ。

桜吹雪が渦巻いた。


兵庫は、奥御殿の座敷で京之介とお眉の方に逢い、挨拶を交わした。

「して、兵庫どの。今朝は早くから何用にございますか……」

お眉の方は、兵庫に怪訝な眼を向けた。

「はい。今朝はお眉の方さまにお願いがあって参上しました」

兵庫は、お眉の方を見詰めた。

「妾にお願い……」

お眉の方は、戸惑いを浮かべた。

「はい。お方さまには、孤児たちが暮らす宿を作って戴きたいのです」

兵庫は、頭を下げて頼んだ。

「孤児の宿……」

お眉の方は眉をひそめた。

「ああ。そうか、母上が下屋敷と裏の常泉寺の間にでも、孤児の宿を建ててくれれば良いのだ」

京之介は、声を弾ませた。

「はい。京之介さまの仰る通りです」

兵庫は、笑顔で頷いた。

「母上、京之介も此の通り、お願いします」

京之介は、兵庫に倣ってお眉の方に深々と頭を下げて頼んだ。

「落ち着きなさい、京之介どの。兵庫どの、仔細を話して下さい」

お眉の方は苦笑した。


隅田川には桜の花片が舞い散り、流れを鮮やかに彩っていた。

新八は、今戸橋の袂から板塀を廻した今戸の久六の家を見張っていた。

今戸の久六の家は、おきちが良助やおゆりと外の掃除をした切り、出入りする者はいなかった。

佐吉と直太やおたまはどうしたのだ……。

新八は、見張り続けた。

半纏を着た中年の男が、軽い足取りでやって来て板塀の木戸門を潜って行った。

「あれは、博奕打ちの喜助……」

新八は、戸惑いを浮かべた。

「新八の兄貴……」

新八は驚き、振り返った。

背後にいた佐吉が微笑んでいた。

「佐吉、どうしたんだ……」

新八は戸惑った。

「はい。黒木さまに云われたように、直太とおたまを水戸藩の小石川のお屋敷に連れて行きました」

佐吉は告げた。

「うん。それで、どうして戻って来たんだ」

「俺、おきちさんが心配になって……」

「おきちさん……」

「俺たちを逃がし、小さな良助やおゆりがいるから残ると云ってね」

佐吉は、心配そうに告げた。

「そうか。じゃあ、直太とおたまは水戸藩の上屋敷か……」

「ええ。侍長屋の黒木さまの家に……」

「おたまと直太は安心か。で、今入って行った半纏の中年男、博奕打ちの喜助って云うが、知っているか……」

「ええ。久六親方の舎弟分です」

「久六の舎弟……」

「ええ。あいつ、何しに来たのか……」

佐吉は眉をひそめた。

僅かな刻が過ぎた。

久六の家から喜助が現れ、浅草寺に向かって急いだ。

「喜助……」

佐吉は見送った。

「何かあったのかもしれない……」

新八は読んだ。

「うん……」

「よし、佐吉。喜助を尾行て何をするのか見届けろ。俺は久六の家を探る」

新八は命じた。

「合点だ」

「ああ。佐吉、ひょっとしたらお前たちが逃げたのに気が付いたのかもしれねえ。呉々も気を付けて、決して無理はするなよ」

新八は心配した。

「はい。じゃあ……」

佐吉は、喜助を追って浅草寺に向かった。

新八は見送り、久六の家を囲む板塀の木戸に駆け寄った。

幼い子供たちの泣き声が、久六の家から聞こえてきた。

「くそ……」

新八は、久六の家に忍び込んだ。


幼い子供たちの泣き声は続いていた。

新八は、久六の家の庭先に廻り、隅から居間を窺った。

居間では、久六がおきちの髪を鷲摑みにして壁に押し付け、平手打ちにしていた。

そして、居間の隅では良助とおゆりが手放しで泣いていた。

「何処だ。佐吉たちは下谷の何処に行ったんだ……」

久六は、肉付きの良い頰を震わせた。

「し、知りません……」

おきちは、必死に否定した。

「惚けるんじゃあねえ。喜助が下谷に行くのを見たんだ。おきち、知っているんだろう」

久六は、おきちを蹴った。

「知りません……」

おきちは、居間の隅に蹲った。

「おきち、手前、死にたいのか……」

久六は、おきちを蹴った。

おきちは蹲り、身を縮めた。

久六の野郎……。

新八は、庭から居間に跳び込み、久六を背後から引き摺り倒した。

久六は驚き、悲鳴を上げて仰向(あおむ)けに倒れた。

新八は、構わず久六を殴り飛ばした。

「な、何だ、手前……」

久六は、怒りに声を震わせた。

「煩せえ。偽人(にせ)徳者の外道が……」

新八は怒鳴り、久六を尚も蹴り飛ばした。

久六は、庭に転げ落ちて逃げた。

「おきちさん……」

新八は、蹲っているおきちに駆け寄った。

おきちは、髪を激しく乱し、口元から血を流して気を失っていた。

「しっかりしろ、おきちさん……」

新八は、気を失っているおきちを背負った。

良助とおゆりは、既に泣き止み、呆然と新八とおきちを見ていた。

「さあ。一緒においで……」

「うん……」

良助とおゆりは、おきちを背負った新八の後に続いた。

隅田川の流れの向こうには向島があり、水戸藩江戸下屋敷の屋根が見えていた。

新八は、おきちを背負い、良助とおゆりを連れて今戸橋の船着場に下りた。

「おお、どうしたい……」

猪牙舟の船頭が驚いた。

「水戸さまの下屋敷に行ってくれねえか。船賃は弾むぜ」

新八は頼んだ。

「良いとも、乗りな」

「ありがてえ……」

新八は、船頭の手を借りて気を失っているおきちを猪牙舟に乗せた。

「さ、乗るんだ」

新八は、良助とおゆりも猪牙舟に乗せた。

「出すぜ」

「良いとも、やってくれ……」

船頭は、新八、おきち、良助、おゆりを乗せた猪牙舟を隅田川に漕ぎ出し、向島に向かった。


「おゆりちゃん、良ちゃん……」

おきちが気を取り戻した。

「おきちさん……」

おゆりと良助は、おきちに縋り付いた。

「大丈夫か、おきちさん……」

新八は、おきちを覗き込んだ。

「お、お前さんは……」

おきちは眉をひそめた。

「俺は新八、佐吉のだちだ。もう心配は要らないぜ」

新八は笑い掛けた。

「良かった……」

おきちは微笑み、再び気を失った。

猪牙舟は、隅田川を巧みに渡った。

新八は、向島の水戸藩江戸下屋敷の船着場に猪牙舟を乗り入れさせた。

番士と船頭たちが駆け寄って来た。

「御刀番頭黒木家の新八。怪我人を連れて来ました。急ぎ、お医者を頼みます。それから、若君京之介さまとお眉の方さまにお報せ下さい……」

新八は叫んだ。

「心得た」

番士の一人が駆け戻り、船頭たちが気を失っているおきちを戸板に乗せ、良助とおゆりを連れて表門脇の門番所に向かった。

新八は、安堵の吐息を洩らした。


花川戸町の裏通りには、物売りの声が響いていた。

佐吉は、物陰から地廻り（じまわ）りの重吉（じゅうきち）の店を見張っていた。

博奕打ちの喜助は、地廻りの親方である花川戸の重吉に佐吉、おたま、直太を捜すように頼みに来た。

佐吉は読んだ。

喜助と地廻りの若い者たちが、重吉の店から駆け出して行った。

佐吉は、物陰に隠れて見送った。
俺たちを捜しに行った……。
佐吉は睨んだ。
今戸の久六が肥った身体を揺らし、裸足で駆け寄って来た。
久六……。
佐吉は、久六が裸足なのに戸惑った。
新八の兄貴に痛め付けられたか……。
佐吉は苦笑した。
久六は、よろめきながら地廻りの重吉の家に向かった。
久六を殺す……。
佐吉は、懐の中の匕首(あいくち)を握り締めた。
「久六さん……」
若い地廻りが、重吉の家から現れて久六に駆け寄った。
佐吉は、匕首の柄(つか)から手を離した。

駆け付けた医者は、気を失ったままのおきちの手当てを始めた。

良助とおゆりは、啜り泣いていた。

新八は見守った。

「新八……」

京之介とお眉の方がやって来た。

医者や番士たちは、慌てて平伏(へいふく)した。

「構わぬ。仕事を続けなさい」

お眉の方は命じた。

「はい……」

医者と番士たちは、仕事を再開した。

「おお、可哀想に。手伝いますぞ……」

お眉の方は、おきちの身体の傷の手当てをする医者の手伝いを始めた。

「新八、何があった……」

京之介は、新八に尋ねた。

「はい……」

新八は、京之介を門番所の外に誘(いざな)った。

「佐吉たちが逃げ出し、今戸の久六が何処に逃げたと、おきちを激しく折檻したんです」

新八は、腹立たしげに報せた。

「おのれ、久六……」

京之介は、怒りを露にした。

「で、久六を蹴飛ばして、おきちと良助やおゆりを連れて逃げて来ました」

新八は報せた。

「そうか。御苦労だったな」

「いえ。それより、久六の舎弟の喜助って博奕打ちを追って行った佐吉が心配です」

新八は眉をひそめた。

「佐吉が……」

「はい。京之介さま、兵庫さまがお見えになった筈ですが……」

「うん。母上に孤児の宿を作ってくれと頼みに来た」

「それで……」

「母上はお迷いだったが、おきちと良助やおゆりを見て、きっと孤児の宿を作ってくれるだろう……」

　京之介は、小さく笑った。

「それは良かった。で、兵庫さまは……」

「佐吉たちが追い詰められ、どう出るかが心配だと、久六の家に行った筈だ」

　京之介は眉をひそめた。

「分かりました。では、京之介さま、おきちと良助やおゆりを頼みます」

　新八は頼んだ。

「引き受けた。任せておけ……」

　京之介は、張り切って頷いた。


　隅田川に桜の花片は舞い散った。

　黒木兵庫は、吾妻橋を下りて花川戸町の通りを今戸町に向かっていた。

　二人の浪人が行く手の辻を横切り、擦れ違う者を威嚇しながら裏通りに入って行った。

　兵庫は見送った。

　二人の浪人は、裏通りを進んで一軒の店に入った。

裏通りの手前の路地から佐吉が現れ、二人の浪人が店に入るのを見届けていた。

佐吉……。

兵庫は、佐吉の潜んでいる路地の反対側に急いだ。

次は殺す……。

自分とおたまや直太が助かっても、おきちと良助やおゆり、それに他の孤児たちも食い物にされるのだ。

今戸の久六は生かしておけない外道……。

佐吉は、懐の匕首を握り締めて地廻りの重吉の店から久六が出て来るのを待った。

僅かな刻が過ぎた。

今戸の久六が、二人の浪人と地廻り花川戸の重吉の店から出て来た。

久六……。

佐吉は、匕首を抜いた。

背後から伸びた手が、佐吉の匕首を握る腕を摑んだ。

佐吉は驚き、振り向いた。

兵庫だった。

「黒木さま……」

「佐吉、馬鹿な真似は止めろ……」

「黒木さま。俺も人殺しになんかなりたくない。でも、久六を生かしておくと、此からも孤児が食い物にされるんです」

佐吉は、声を震わせた。

「だからと云って、佐吉、お前が人殺しになる事はない……」

兵庫は笑った。

「黒木さま……」

佐吉は、兵庫を見詰めた。

「私が斬る……」

兵庫は云い放った。

兵庫は路地を出て、久六と二人の浪人の前に立ちはだかった。

久六は立ち竦んだ。

二人の浪人が、久六の前に出て庇った。

「今戸の久六。人徳者の皮を被って、此以上孤児を泣かすと、許さぬ……」

兵庫は告げた。

佐吉が、兵庫の背後に現れた。

「さ、佐吉……」

久六は、作り笑いを浮かべて佐吉に取り入り、縋ろうとした。

「死ね……」

佐吉は、怒りを込めて云い放った。

「さ、佐吉……」

久六は、嗄(しやが)れ声を震わせた。

「おのれ……」

二人の浪人は、兵庫と佐吉に斬り掛かった。

兵庫は、佐吉を背後に突き飛ばし、胴田貫を抜き打ちに放った。

閃光(せんこう)が走り、刃の噛み合う音が響いた。

一人の浪人の刀が、両断されて空に飛んだ。

兵庫は、返す刀を残る浪人に一閃(いっせん)した。

残る浪人は、右の肩を斬られて血を飛ばして後退り(あとずさ)をした。

「未だやるか……」

兵庫は、二人の浪人に笑い掛けた。

二人の浪人は、後退りをして身を翻(ひるがえ)した。

今戸の久六は残され、恐怖に激しく震えて尻餅(しりもち)をついた。

「久六……」

兵庫は、激しく震えている久六に血に濡れた刀を突き付けた。

「た、助けて。助けて……」

久六は、尻で後退りをした。

兵庫の刀の鋒(きつさき)から、血が滴(したた)り落ちた。

久六は、顔を真っ赤にして眼を瞠(みは)った。

「久六……」

兵庫は、久六を見据えて冷笑を浮かべた。

刹那、久六は赤い顔で眼を瞠り、苦しく呻(うめ)いて仰向けに倒れた。

「久六……」

兵庫は、怪訝な面持ちで久六の様子を見た。

佐吉は、兵庫の背後から見守った。

久六は、息絶えていた。

兵庫は眉をひそめた。

「黒木さま……」

佐吉は、兵庫に声を掛けた。

「佐吉、久六は死んだ……」

「死んだ……」

佐吉は呆然とした。

「ああ。おそらく恐怖に駆られてな……」

兵庫は、恐怖に顔を醜く歪めて息絶えている久六を見下ろした。

「罰が当たったんだ……」

佐吉は呟いた。


今戸の久六は、激しい恐怖に衝き上げられ、急な発作で心の臓を止めた。

兵庫は、己の睨みを告げた。

医者と月番の南町奉行所は、兵庫の睨みに頷いた。

今戸の久六の化けの皮が剝がれ、人徳者の醜い本性が露になっていった。

お眉の方は、斉脩に頼んで下屋敷と裏の常泉寺の間の土地を拝領し、孤児の宿を建てた。そして、傷の癒えたおきちと佐吉に預けた。

おきちと佐吉は、直太やおたまたち孤児と畑を作った。

孤児たちは、張り切って働き始めた。

此で良い……。

兵庫は、お眉の方に深く感謝した。

第三話　妖刀狩り

一

白鞘から抜かれた刀身は、暗闇の中に妖しい輝きを静かに浮かび上がらせた。

手拭で頰被りをした侍は、妖しく輝く刀身を血走った眼で嘗めるように見詰めた。

「あった……」

頰被りをした侍は、嬉しげに呟いた。

「どうだ、見付かったか……」

やはり手拭で頰被りをした侍が、刀蔵の戸口に顔を見せた。

「ああ……」

「よし。俺も欲しいだけ小判を戴いた。引き上げるぞ……」

「うむ……」

手拭で頬被りをした侍は、妖しい輝きを放つ刀身を白鞘に納め、刀袋に入れた。そして、刀袋を抱え、斬られた背中を血に染めて死んでいる初老の旦那を跨いで刀蔵から出て行った。

手拭で頬被りをした二人の侍は、奪った金と刀を抱えて斬り殺した者たちの傍を通り、刀剣商の店先へと向かった。

水戸藩江戸上屋敷は藩主斉脩が登城し、一息ついた穏やかさが漂っていた。

御刀番頭の黒木兵庫は、手入れを終えた刀の最後の検めをし、白鞘に静かに納めた。

「黒木さま……」

用部屋の戸口に配下の柴田兵馬が現れた。

「何だ……」

「室町の刀剣商真光堂の主、道春どのがお目通りを願っております」

「真光堂の道春どのが……」

「はい……」

「よし。お通し致せ」

「心得ました」

柴田は立ち去った。

兵庫は、手入れの終えた名刀を御刀蔵に納め、用部屋に戻った。

「黒木さま。真光堂道春にございます」

年配の男の落ち着いた声がした。

「うむ。入るが良い……」

「御無礼致します」

白髪頭の刀剣商『真光堂』道春が脇差(わきざし)の入った刀袋を持って現れ、兵庫に挨拶をした。

「御無沙汰(ごぶさた)をしております。変わりはありませんか……」

兵庫は笑顔で迎えた。

「はい。お陰様で……」

「それは何より。して……」

兵庫は促(うなが)した。

「はい。黒木さま、昨夜、京橋(きょうばし)の刀剣商備前屋(びぜんや)さんが、何者かに押し込まれましてね」

「押し込まれた……」

兵庫は眉をひそめた。

「はい。そして、主の長左衛門さんとお内儀、奉公人の二人が斬られ、五十両の金子と長船兼正の名刀を奪われたそうにございます」

道春は告げた。

「五十両と長船兼正……」

兵庫は、厳しさを滲ませた。

名刀〝備前長船〟は、備前に古くからある刀工の流派であり、備前長船の刀匠の銘の彫られた名刀は、好事家は無論、武士の間では高値で売り買いされていた。

斉脩の御刀蔵に備前長船物は幾振りかあるが、長船兼正の名刀は残念ながら収蔵されていなかった。

「はい。そして、金箱には小判が残されており、月番の北町奉行所は只の盗賊の押し込みではないと睨んでいます」

「うむ。ひょっとしたら、押し込みの狙いは長船兼正で、五十両は行き掛けの駄賃なのかもしれぬな」

兵庫は読んだ。

「黒木さまもそう思われますか……」

「ならば、道春どのも……」

「はい。手前も押し込んだ者の狙いは、長船兼正ではないかと……」

道春は、兵庫と同じように読んでいた。

「只の盗賊の仕業でないなら、奪った者の割り出し、中々難しいな」

兵庫は、厳しさを滲ませた。

「はい。それで、黒木さまにお尋ね致しますが、長船兼正を何としてでも手に入れたいと願っている者を御存知ありませぬか……」

道春は尋ねた。

「知らぬ……」

兵庫は、首を捻った。

「そうですか……」

道春は白髪眉をひそめた。

「名刀を狙っての押し込み、未だ続くか……」

兵庫は睨んだ。

「きっと……」

道春は頷いた。

「ならば、備前長船兼正の名刀を持つ者は警護を厳しくせねばならぬな」

「はい。それで黒木さま、お願いがございます」

「願い……」

「はい。此なる備前長船兼正、お預かり戴けませんでしょうか……」

道春は、持参した脇差の入った刀袋を差し出した。

「何、備前長船兼正……」

兵庫は、脇差の入った刀袋を見詰めた。

備前長船兼正を狙う者も、大名家の御刀蔵に迄は押し込まぬと読んでの事だ。

兵庫は、刀剣商『真光堂』道春の頼みを聞き、持参した備前長船兼正を預かり、御刀蔵に納めた。

刀剣商『真光堂』道春が帰り、兵庫は再び御刀蔵にある名刀の手入れを始めた。

「黒木さま、目付頭の松木帯刀さまがお見えです」

「おう。入って貰え」

「邪魔をするぞ」

江戸目付頭の松木帯刀が入って来た。

「どうした。帯刀……」

「真光堂の道春どのが来ていたようだが、昨夜の備前屋押し込みの拘わりか……」

松木は、刀剣商『備前屋』が押し込みに遭ったのを知っていた。

「流石は目付頭だな」

兵庫は苦笑した。

「うむ。金子の他に刀を奪われたと聞いたが、名のある刀なのか……」

「うむ。備前長船兼正の一刀。備前物の中でも名人と称された刀匠兼正の作った一振りだ」

「ほう。ならば、押し込んだ者は、金より刀が狙いだったのかな」

松木は読んだ。

「うむ。俺と道春どのもそう睨んだ」

兵庫は告げた。

「そうか……」

　松木は、尤もらしい顔で頷いた。

「帯刀、何か知っているのか……」

　兵庫は、松木を見詰めた。

「兵庫。配下の者がご公儀の目付に聞いて来た話なのだが、過日、辻斬りに斬られて深手を負い、金は奪われずに刀を奪われた旗本がいるそうだ」

　松木は告げた。

「刀を奪われた旗本……」

　兵庫は眉をひそめた。

「ああ。昨夜の押し込みと拘わりあるかな」

　松木は、兵庫を見詰めた。

「あるかもしれぬ……」

　兵庫は頷いた。

「やはりな……」

　松木は、満足そうに頷いた。

「して、帯刀。辻斬りに襲われた旗本の奪われた刀、どのような刀なのだ」

「さあて、そこ迄は……」

「聞いていないか……」

「ああ。だが、辻斬りに斬られるような奴だ。名刀を持つような奴とは思えぬ」

松木は読み、嘲りを浮かべた。

「ならば、旗本の名と屋敷が何処か、教えて貰おうか……」

兵庫は苦笑した。


外濠は煌めいた。

兵庫は、外濠に架かっている牛込御門前に佇み、神楽坂を見上げた。

神楽坂には多くの人が行き交っていた。

兵庫は、神楽坂を上がり始めた。

神楽坂は旗本御家人の町であり、町方の地は少なかった。

兵庫は神楽坂を上がり、毘沙門天で名高い善国寺に出た。

「兵庫さま……」

善国寺の前にいた新八が、神楽坂を上がって来た兵庫に駆け寄った。

「おう。分かったか、旗本の本田重蔵の屋敷が何処か……」

「はい。此の向こうにある光照院の裏に屋敷があります」

新八は、先に来て辻斬りに斬られた旗本本田重蔵の屋敷が何処か突き止めていた。

「よし。ならば……」

兵庫は、新八を促した。

「はい。此方です」

新八は、善国寺脇の道に兵庫を誘った。

「して、本田重蔵の評判は……」

兵庫は、歩きながら尋ねた。

「そいつが、良くありませんね」

新八は、嘲りを浮かべた。

「良くないか……」

兵庫は苦笑した。

「ええ。隣近所の奉公人や出入りの商人の話じゃあ、気が小さくて些細な事に愚図ぐず云う方だそうですよ」

新八は告げた。

「ほう、そんな人か……」

「ええ。おまけに剣の腕はからっきしなようですよ」

「からっきしか……」

「ええ。本田重蔵、名前は強そうなんですがね……」

新八は苦笑した。

「そんな本田重蔵が持っていた刀か……」

兵庫は、本田重蔵が襲われて奪われる程の刀を持っていたのが気になった。

「あのお屋敷です」

新八は、一軒の旗本屋敷を示した。

「二百石取りの旗本、本田重蔵か……」

兵庫は、新八の示す旗本屋敷を眺(なが)めた。


兵庫は、新八を残して本田屋敷を訪れた。

主の重蔵は、兵庫を書院に通した。

「拙者(せっしゃ)が本田家主の重蔵です」

痩(や)せた小柄な中年男は、斬られた左肩に巻いた晒布(さらしぬの)を胸元に見せ、兵庫に不安そうな眼を向けた。

「私は水戸藩納戸方御刀番頭の黒木兵庫にございます……」

兵庫は名乗り、不意に訪れた事を詫びた。

「いいえ。して、拙者に何か……」

本田は、戸惑いを浮かべた。

「卒爾ながら、過日、辻斬りに襲われたと……」

「う、うむ……」

本田は、眉を顰めて頷いた。

「その時、辻斬りに奪われた腰の物は、如何なる物でしたか、お教え願いたい」

兵庫は頼んだ。

「奪われた刀……」

本田は、思わず聞き返した。

「はい。銘は何と……」

兵庫は、本田を見据えた。

「そ、それは、備前長船の……」

「備前長船……」

兵庫は緊張した。

「ええ。兼正の写しを……」

本田は、恥ずかしそうに声を潜めた。

「兼正の写し……」

兵庫は戸惑った。

「ええ。お恥ずかしい話だが、私は剣術の方はさっぱりでして、せめて刀だけはと思い、好きな備前長船兼正の写しを手に入れ、差料としていたのです」

本田は、恥ずかしそうに顔を歪めた。

「そうですか、写しでしたか……」

〝写し〟とは、原品になぞらえて作った事を謳った物であり、偽造品とは違う。

「ええ。お陰で刀が狙いの得体の知れぬ辻斬りに襲われ、此の態ですよ」

本田は、左肩に巻いた晒布を見せ、己を嘲笑った。

「はあ。処で本田どの。備前長船兼正を狙って襲った辻斬りに心当たりは……」

「心当たり……」

「ええ……」

「さあて。拙者も備前長船兼正の写しを差料にしているとは、良く知る者以外に云っていませんし、心当たりはありませんよ」

「ならば、備前長船兼正の写し、何処から手に入れたのですか……」

兵庫は尋ねた。


兵庫は、本田屋敷を出た。

新八が駆け寄って来た。

「如何でした……」

「本田重蔵が辻斬りに奪われた刀、備前長船兼正の写しだった」

兵庫は苦笑した。

「写し……」

新八は眉をひそめた。

「うむ。無名の刀鍛冶が修業の為に打った備前長船兼正の写しだ」

「じゃあ、偽物ですか……」

「いや。贋作ではない。刀剣商で売っている写しだ」

兵庫は笑った。

「そうですか。で、どうします」

「うん。本田重蔵が備前長船兼正の写しを購った刀剣商に行ってみる」

「刀剣商、何処の何て店ですか……」

「浜町堀は元浜町にある刀心堂だ」

兵庫は告げた。

「分かりました。じゃあ……」

新八は、神楽坂に向かった。

兵庫は続いた。


神楽坂から浜町堀迄は、かなりの距離がある。

外濠沿いを両国広小路に向かって進み、神田川に架かっている和泉橋を渡って南に向かうと、やがて浜町堀に出る。

兵庫は、新八を従えて元岩井町から浜町堀に進んだ。


浜町堀には荷船が行き交っていた。

兵庫と新八は、浜町堀に架かっている緑橋と汐見橋の袂を通り、元浜町に入った。

刀剣商『刀心堂』は、浜町堀に架かる千鳥橋の袂にあった。

「此処ですね……」

新八は、刀剣商『刀心堂』を眺めた。

「よし、主に逢って来る。新八は、刀心堂がどのような店かをな」

「心得ました」

新八は頷いた。

兵庫は、新八を残して刀剣商『刀心堂』の暖簾を潜った。


兵庫は、刀剣商『刀心堂』の座敷で初老の主彦兵衛と逢った。

「刀心堂彦兵衛にございます」

彦兵衛は、穏やかな笑みを浮かべた。

「水戸藩納戸方御刀番頭の黒木兵庫です」

兵庫は名乗った。

「水戸藩御刀番頭の黒木兵庫さま、お噂は予々伺っております」

彦兵衛は、兵庫に笑い掛けた。

「痛み入ります」

兵庫は苦笑した。

「して、御用件は……」

「それなのですが、刀心堂はかつて旗本の本田重蔵どのに備前長船兼正の写しを売ったと聞き及びまして……」

兵庫は、彦兵衛を見詰めた。

「ああ。本田重蔵さまに備前長船兼正の写し、確かに売りましたが……」

彦兵衛は、怪訝(けげん)な眼を向けた。

「間違いありませんか……」

「はい。あの写しは、刀匠修業の若者が備前長船の刀作りを学ぼうと、偶々(たまたま)手前の店にあった備前長船兼正の写しを作ったものでして、その後、本田さまがお買い下さいました」

彦兵衛の話は、本田重蔵が語った事と同じだった。

「そうですか……」

兵庫は頷いた。

「黒木さま。備前長船兼正の写しが何か……」

彦兵衛は、戸惑いを浮かべた。

「過日、本田どのが辻斬りに襲われ、金子ではなく写しの差料が奪われましてね」

　兵庫は、彦兵衛の反応を見ながら告げた。

「備前長船兼正の写しが……」

　彦兵衛は驚いた。

「如何にも。彦兵衛どのには、何か心当たりはありませんか……」

「さあて、ございませんが。黒木さま、写しの一件、昨夜の備前屋さんの押し込みと拘わりが……」

　彦兵衛は眉をひそめた。

「未だ何とも云えぬが、拘わりがあるやもしれぬ」

　兵庫は読んだ。

「そうですか……」

「彦兵衛どの。近頃、何か気になる事は……」

「気になる事ですか……」

「ええ……」

「そう云えば、目利き(めき)の宗悦(そうえつ)さんが……」

「目利きの宗悦とは、本阿弥宗悦どのか……」

兵庫は、目利きの本阿弥宗悦とは逢った事はないが、名前は知っていた。

「はい、目利きの本阿弥宗悦さんが、村正の写しはないかと訪ねて来ましてね」

「村正の写し……」

兵庫は眉をひそめた。

「はい。で、村正の写しなどはないと申しましたら、残念そうに肩を落としましてね」

「肩を落とした……」

「ええ。それで、村正の写しがどこかの刀剣商にあるのかと訊いたら、ある筈だと……」

彦兵衛は、首を捻りながら告げた。

「村正の写し、ある筈だと……」

兵庫は眉をひそめた。

「ですが、村正は御承知の通り徳川家に仇なす刀。持つ者は徳川家を憚って銘を消したり、彫り直したりして密かに所持をしているのが普通でして、写しを作る者などいないと思いますが……」

彦兵衛は読んだ。

「うむ……」

兵庫は頷いた。

村正は伊勢国桑名の刀匠であり、作る刀は折れず、曲がらず、良く斬れる、と云う名刀だ。だが、家康の祖父と子の死、父と己の負傷に深く拘わり、徳川家に仇なす妖刀とされていた。

目利きの本阿弥宗悦は、その妖刀村正の写しが作られていると云い、刀剣商『刀心堂』主の彦兵衛に知らぬかと訪ねて来たのだ。

どう云うことなのか……。

妖刀村正の写しは、宗悦の云うように本当にあるのか……。

目利きの本阿弥宗悦は、どうして村正の写しを探しているのか……。

兵庫は眉をひそめた。

二

「えっ。浪人……」

新八は、千鳥橋の船着場で猪牙舟の手入れをしていた船頭の言葉に眉をひそめた。

「ああ。夜中に帰って来た時、千鳥橋の上に浪人がいてね。刀剣商の刀心堂を窺っていたんだぜ」

船頭は、刀剣商『刀心堂』を眺めた。

「で、その浪人、どうしました……」

「俺が船着場から上がっていったら、何処かに行っちまったよ」

「どんな浪人でした」

「どんなって、背の高い袴を穿いた総髪の浪人だったと思ったけど、夜の暗さだ。はっきりしないな」

船頭は、首を捻った。

「背の高い袴を穿いた総髪の浪人……」

「ああ。ありゃあ、盗賊が押し込みの仕度をしているような感じだったぜ」

「押し込みの仕度ですか……」

「ああ。昨夜の備前屋の次は刀心堂かもな」

船頭は眉をひそめた。

「ええ……」

新八は、喉を鳴らした。

兵庫は、主の彦兵衛と挨拶を交わして刀剣商『刀心堂』から出た。

「兵庫さま……」

新八が、駆け寄って来た。

「おう。何か分かったか……」

「はい。刀剣商刀心堂、旦那の彦兵衛さんと店、評判は良いですね」

「やはりな……」

兵庫は頷いた。

「それから、此ははっきりしないのですが、夜中に刀心堂を窺っていた浪人がいたそうですよ」

「夜中に刀心堂を窺っていた浪人……」

兵庫は眉をひそめた。

「はい。背の高い総髪の浪人で、見た船頭の話では、盗賊が押し込む為に刀心堂の様子を窺っているようだったと……」

新八は報せた。

「背の高い総髪の浪人が押し込みか……」

兵庫は、刀剣商『刀心堂』を振り返った。

刀剣商『刀心堂』は、夕陽を背にして暖簾を揺らしていた。

「兵庫さまの方は……」

「うむ。面白い話を聞いた」

「面白い話……」

「うむ。ま、腹拵えをしながらだ」

兵庫は新八を促し、浜町堀の向こうで夕陽に照らされている蕎麦屋に向かった。

日本橋室町の通りには人影もなく、夜廻りの木戸番の打つ拍子木の音が響いていた。

刀剣商『真光堂』は、暗く寝静まっていた。

「ありませぬ。備前長船兼正など、手前の店にはありませぬ」

主の道春は、突き付けられた刀の鋒を見詰めて云い放った。

「偽りを申すな。真光堂主の道春、おぬしが備前長船兼正の一刀があると、吹聴していたのは分かっているんだ」

髭面の浪人は、手拭の頬被りの下から血走った眼を向けていた。

「それは聞き間違いでしょう」

道春は苦笑した。

「おのれ、道春……」

髭面の浪人は熱り立った。

頬被りをした背の高い総髪の浪人が、奥から現れた。

「どうだった。あったか……」

髭面の浪人は、総髪の浪人に訊いた。

「いや。俺の見た限り、備前長船兼正は何処にもない……」

総髪の浪人は、暗い眼で道春を見詰めた。

「仰る通り。備前長船兼正は最初からないのです」

道春は笑った。

総髪の浪人は刀を抜き、黙って道春に突き付けた。

「手前は、刀の売り買いが生業の刀剣商。刀が恐ろしくては仕事になりません」

道春は苦笑した。

「道春、お前は水戸藩江戸上屋敷に行ったそうだな……」

総髪の浪人は、暗い眼に嘲りを過（よぎ）らせた。

「えっ……」

道春は、微（かす）かに狼狽（うろた）えた。

「刀剣商が訪れた相手となると、御刀番か……」

総髪の浪人は嘲笑（ちょうしょう）を浮かべた。

「違う。ま、目利きの本阿弥宗悦にでも訊いてみるが良い……」

道春は、開き直った。

刹那（せつな）、総髪の浪人は突き付けた刀を道春の喉元に突き刺した。

血が飛んだ。

道春は、喉を笛のように鳴らして仰（の）け反（ぞ）り倒れ、息絶えた。

総髪の浪人は、道春の寝間着（ねまき）で刀に拭いを掛けて鞘に納め、寝間（ねま）から出て行った。

「お、おい……」

髭面の浪人が慌てて続いた。

目利きの本阿弥宗悦は、根岸の里で暮らしている。

兵庫は、役目を終えてから根岸の里に行くつもりだった。

「兵庫……」

目付頭の松木帯刀が、緊張した面持ちで兵庫の用部屋に入って来た。

「どうした」

「昨夜、室町の真光堂に賊が押し込んだそうだ」

松木は報せた。

「何。して、道春どのは……」

「殺され、金を奪われたそうだ」

「道春どのが殺された……」

兵庫は眉をひそめた。

「ああ……」

松木は頷いた。

「まさか……」

兵庫の勘が囁いた。

刀剣商『真光堂』に押し込んだ賊は、備前長船兼正を奪おうとしたのだ。

「何か心当たりがあるのか……」

「うむ。道春どのは私に備前長船兼正の一刀を預かってくれと云って来た」

「まさか、賊は備前長船兼正を狙って……」

「かもしれぬ」

「して、備前長船兼正、預かったのか……」

「うむ。どうしてもと頼まれてな。ちょいと待っていろ」

兵庫は、用部屋に続く御刀蔵に入り、脇差の入った刀袋を持って来た。

「此だ……」

兵庫は、脇差の入った刀袋を置いた。

脇差の刀袋には、紙縒(こより)りの封印がされていた。

「どうする……」

松木は、兵庫の出方を窺った。

「此の脇差を狙っての押し込みなら、賊が何者かが分かるかもしれぬ」

兵庫は、脇差の入った刀袋の紙縒りの封印を小柄(こづか)で切った。そして、中から白鞘の脇差を取り出した。

「此か……」

松木は、脇差を見詰めた。

「うむ……」

兵庫は、脇差を静かに抜いた。

脇差は鈍色に輝いた。

兵庫は、刀身を検め、目釘を抜いて柄を外した。

脇差の茎には、銘が刻まれていた。

「備前長船兼正……」

兵庫は、茎に刻まれた銘を読み、再び刀身を検めた。

「やはり、備前長船兼正か……」

松木は、喉を鳴らした。

「うむ。銘はそう刻まれているが……」

兵庫は眉をひそめた。

「違うのか……」

松木は、戸惑いを浮かべた。

「地鉄は板目肌、刃寄りに柾を交えて肌立ち、刃文は大きな互の目の湾れ、刃境から刃中に細かな砂流し……」

兵庫は、脇差を読んだ。

「うむ……」

松木は頷いた。

「違う……」

兵庫は告げた。

「違う、何が……」

松木は、戸惑いを浮かべて兵庫を見詰めた。

「此の脇差、備前長船兼正ではない」

兵庫は云い放った。

「何……」

松木は驚いた。

「此の脇差、村正だ……」

兵庫は、静かに告げた。

「村正……」

「うむ……」

「村正とは、まさか、あの徳川家に仇なす妖刀村正の事か……」

松木は、困惑を浮かべた。

「うむ。此の脇差、銘は備前長船兼正と刻まれているが、刀身の造りの地鉄や刃文などは、まさに妖刀村正の造りだ」

兵庫は、厳しさを滲ませた。

「備前長船兼正の銘が刻まれた村正の脇差か……」

松木は呟いた。

「うむ。おそらく写しだろうがな……」

兵庫は頷き、村正の脇差に柄を嵌め、目釘を打って白鞘に納めた。

「兵庫、どう云う事だ」

松木は眉をひそめた。

「村正は徳川家に仇なす妖刀。写しを造った者は徳川家を憚り、違う銘を刻んだのだろう」

兵庫は読んだ。

「公儀の詮索やお咎めを恐れ、偽りの銘を刻んで誤魔化すか……」

松木は、吐息混じりに睨んだ。

「帯刀。刀剣目利きの本阿弥宗悦が過日、刀剣商の刀心堂彦兵衛の許に村正の写しはないかと訪ねて来たそうだ」

兵庫は告げた。

「目利きの本阿弥宗悦が……」

「うむ。宗悦が探していた村正の写しが此の脇差なのか、それとも他にもあるのか……」

兵庫は読んだ。

「兵庫。ならば、備前屋の長左衛門が殺されて奪われた備前長船兼正や、旗本の本田重蔵が奪われた刀、本当は村正の写しだが、備前長船物の銘を刻んでいるのかもしれないな」

松木は読んだ。

「うむ。妖刀村正の写し、誰が何故に造り、備前物の銘を刻んでいるのか……」

「うむ。で、どうする……」

「目利きの本阿弥宗悦に逢ってみるしかあるまい……」

兵庫は、小さな笑みを浮かべた。

不忍池中之島弁財天には、多くの参拝客が訪れていた。

兵庫は、不忍池の畔から谷中に抜け、谷中感応寺脇の芋坂を下りた。

芋坂を下りると、石神井用水が流れており、根岸の里になる。

兵庫は、石神井用水のせせらぎ沿いの小道を進んだ。

根岸の里は幽趣に富み、文人墨客や趣味人に好まれている地であり、瀟洒な家が点在し、水鶏の鳴き声が響いていた。

此の根岸の里に目利きの本阿弥宗悦の暮らす家がある。

兵庫は、石神井用水沿いの小道を進んだ。

やがて、南側に御行の松と不動堂のある時雨の岡の前に出た。

「兵庫さま……」

時雨の岡の下、石神井用水に架かっている小橋の袂から新八が駆け寄って来た。

「おう。待たせたな……」

兵庫は、先乗りして本阿弥宗悦の家を探していた新八に詫びた。

「いえ。何かあったのですか……」

新八は、怪訝な眼を向けた。

「うむ。仔細は後でゆっくり話す。して、目利きの本阿弥宗悦の家は分かったか

「……」

兵庫は訊いた。

「はい。あの小橋の先の家です」

新八は、小橋の袂に進み、その先にある縁側(えんがわ)の広い洒落(しゃれ)た家を指差した。

「あの家か……」

「はい……」

「して、本阿弥宗悦はいるのか……」

「そいつが、外から窺っている限り、手伝いの婆さんはいるのですが、本阿弥宗悦さまらしい人は見えないのです」

新八は、首を捻った。

「出掛けているのかな……」

兵庫は、宗悦の家を眺めた。

「きっと……」

新八は頷いた。

「よし。待ってみるか……」

「はい……」

兵庫は、石神井用水に架かっている小橋を渡って時雨の岡に進んだ。

新八は続いた。

兵庫は不動堂に手を合わせ、御行の松の傍に佇み、石神井用水の傍にある宗悦の家を眺めた。

石神井用水のせせらぎは陽差しに煌めいた。

兵庫は、新八に刀剣商『真光堂』道春が賊に殺された事や預かった備前長船兼正の脇差が村正の写しだと分かった事を教えた。

「村正の写しに備前長船兼正の銘ですか……」

新八は眉をひそめた。

「うむ……」

「村正の写しだってのを隠したかったんですかね」

新八は、首を捻った。

髭面の浪人が、石神井用水沿いの小道をやって来た。

「新八……」

兵庫は、やって来る髭面の浪人を示した。

新八は眺めた。
髭面の浪人は、足早にやって来て本阿弥宗悦の家の戸口に向かった。
「兵庫さま……」
新八は緊張した。
兵庫は、新八を促して宗悦の家の戸口の見える場所に移動した。
髭面の浪人は、宗悦の家の戸口を叩いて声を掛けていた。
宗悦の家の戸が開き、手伝いの婆さんが顔を出した。
「手伝いの婆さんです」
新八は告げた。
「うん……」
兵庫は頷いた。
髭面の浪人は、婆さんに何事かを尋ねた。
婆さんは首を捻り、何事かを告げた。
髭面の浪人は、肩を落として念を押した。
婆さんは、気の毒そうに頷いて戸を閉めた。
髭面の浪人は、舌打ちをして石神井用水沿いの小道を戻り始めた。

「追いますか……」

新八は、兵庫の指示を仰いだ。

「うむ。此処は俺が見張る。新八は髭面の浪人の行き先を突き止めてくれ」

兵庫は命じた。

「心得ました」

新八は頷いた。

「決して無理はするなよ」

「承知しました。じゃあ……」

新八は、髭面の浪人を追った。

兵庫は、髭面の浪人を追う新八を見送り、宗悦の家の見張りに就いた。

目利きの本阿弥宗悦は、誰が何故に村正の写しを造ったのか知っているのか……。

兵庫は、宗悦の家を眺めた。

髭面の浪人は、石神井用水沿いの小道を戻り、芋坂を上がった。

新八は尾行た。

髭面の浪人は、芋坂から感応寺門前を通って谷中八軒町に進み、片隅にある一膳飯屋の暖簾を潜った。

新八は見届けた。

髭面の浪人は、腹拵えに寄っただけなのか、誰かと落ち合うのか……。

新八は、見定める事にした。

手伝いの婆さんが、宗悦の家の広い縁側に出て来て雨戸を閉め始めた。

婆さんの帰る刻限か……。

兵庫は見守った。

婆さんは縁側の雨戸を閉め終えて、戸口から帰って行った。

宗悦の家には誰もいなくなった。

忍び込んでみるか……。

兵庫は、宗悦の家を眺めた。

宗悦の家に変わった事はない。

よし……。

兵庫は、時雨の岡を下りようとした。

宗悦の家の戸口が開いた。

兵庫は、咄嗟に身を隠した。

十徳姿の小柄な老人が、戸口から出て来た。

えっ……。

兵庫は戸惑った。

十徳姿の小柄の老人は、石神井用水沿いの小道を谷中に向かった。

目利きの本阿弥宗悦……。

兵庫は追った。

三

「いらっしゃい……」

新八は、一膳飯屋の亭主に迎えられた。

「浅蜊のぶっ掛け飯を頼みます」

新八は、注文をして店内に髭面の浪人を捜した。

髭面の浪人は、店の隅に座って一人で酒を飲んでいた。

新八は、髭面の浪人の近くに座った。

僅(わず)かな刻が過ぎた。
髭面の浪人は、酒を飲みに来ただけなのか……。
「おまちどお……」
亭主が、新八に浅蜊のぶっ掛け飯を運んで来た。
新八は、浅蜊のぶっ掛け飯を食べ始めた。
「いらっしゃい……」
背の高い総髪の浪人が、亭主に迎えられて入って来た。
新八は、浅蜊のぶっ掛け飯を食べながら背の高い総髪の浪人を窺った。
背の高い総髪の浪人は、酒を飲んでいる髭面の浪人の前に座った。
待ち合わせの相手……。
新八は、浅蜊のぶっ掛け飯を食べながら見定めた。
総髪の浪人と髭面の浪人は、何事か言葉を交わした。
新八は、浅蜊のぶっ掛け飯を食べながら二人の浪人の話を聞こうとした。

目利きの本阿弥宗悦と思われる小柄な年寄りは、芋坂を軽い足取りで上がって感応寺の山門前に出た。

兵庫は、慎重に尾行た。

宗悦と思われる年寄りは、居留守を使って訪れる者を拒んだ。

何故だ……。

兵庫は、想いを巡らせた。

宗悦と思われる年寄りは、感応寺門前から谷中八軒町に進んだ。

兵庫は追った。

宗悦と思われる年寄りは、谷中八軒町の片隅にある一膳飯屋の前を通り、不忍池に向かった。

何処に行くのか……。

兵庫は、宗悦と思われる年寄りを尾行た。


不忍池には水鳥が遊び、飛び散る水飛沫が煌めいた。

宗悦と思われる年寄りは、不忍池の畔を進んで古い料理屋に入った。

兵庫は木陰に走り、古い料理屋の入り口を窺った。

宗悦と思われる年寄りは、下足番と女将に迎えられて古い料理屋に入って行った。

下足番は、古い料理屋の前の掃除を始めた。

よし……。

兵庫は、下足番に駆け寄った。

「尋ねるが、今、入って行った十徳姿の年寄り、茶の宗匠の桂木景舟どのではないかな」

兵庫は、下足番に尋ねた。

「いえ。今、お見えになった十徳姿のお客さまは、目利きの本阿弥宗悦さまにございますが……」

下足番は、戸惑いを浮かべて告げた。

「目利きの本阿弥宗悦さま……」

兵庫は、眉をひそめて見せた。

「はい……」

下足番は頷いた。

「そうか、人違いか。いや、造作を掛けたな」

兵庫は、下足番に礼を云って古い料理屋から離れた。

やはり、目利きの本阿弥宗悦……。

宗悦は、古い料理屋で誰かと逢うのか……。

兵庫は、木陰に入って古い料理屋の入り口を見張った。

頭巾を被った武士が現れ、古い料理屋に入って行った。


夕暮れ時。

谷中八軒町は、岡場所に遊びに来た客で賑わい始めた。

背の高い総髪の浪人と髭面の浪人は、一膳飯屋を出て下谷に向かった。

何処に行く……。

新八は尾行た。


半刻（一時間）が過ぎた。

頭巾を被った武士が、宗悦や女将たちに見送られて古い料理屋から出て来た。

宗悦が逢った相手は頭巾を被った武士……。

兵庫は見定めた。

頭巾を被った武士は、宗悦や女将たちに見送られて不忍池の畔を下谷広小路の方に向かった。

宗悦は見送り、女将たちと古い料理屋に戻って行った。

どうする……。

兵庫は迷った。

よし……。

迷いは一瞬だった。

兵庫は、木陰を出て頭巾を被った武士を追った。

うん……。

兵庫は、頭巾を被った武士の身の熟(こな)しに見覚えがあった。しかし、見覚えがあるだけで、何処の誰か迄は思い出せなかった。


神田川の流れに夕陽が映(は)えた。

髭面の浪人と背の高い総髪の浪人は、下谷広小路から神田川に出た。そして、神田川に架かっている和泉橋を渡り、浜町堀に向かった。

新八は尾行(つけ)た。


頭巾を被った武士は、日本橋の通りを南に進んだ。

兵庫は追った。
日本橋から京橋……。
頭巾を被った武士は、尚も南に進んだ。
おそらく何処かの大名家の家臣……。
兵庫は、頭巾を被った武士の素性を読んだ。
頭巾を被った武士は、京橋から尚も南に進んで新橋を渡った。
兵庫は追った。
頭巾を被った武士は新橋を渡り、尚も進んで芝口三丁目の角を東に曲がった。
東に曲がった先には……。
兵庫は読み、続いて東に曲がった。

東に曲がった先には、大名家の江戸上屋敷があった。
頭巾を被った武士は、大名家江戸上屋敷に入って行った。
兵庫は見届けた。
大名家江戸上屋敷は、陸奥国仙台藩江戸上屋敷だった。
仙台藩の武士……。

兵庫は、目利きの本阿弥宗悦が仙台藩の家臣と繋がりがあるのを知った。

村正の写しの件は、仙台藩と拘わりがあるのか……。

兵庫は、村正の写しの一件が思わぬ方向に進むのに戸惑わずにはいられなかった。

仙台藩江戸上屋敷は、夕陽を浴びて赤く染まった。


浜町堀は大禍時に覆われ、櫓の軋みが響いていた。

髭面の浪人と背の高い総髪の浪人は、千鳥橋の袂に佇んだ。

新八は、浜町堀の緩やかな流れを間にして髭面の浪人と背の高い総髪の浪人を見張った。

髭面の浪人と背の高い総髪の浪人は、千鳥橋の袂に佇んで刀剣商『刀心堂』を見詰めていた。

刀剣商『刀心堂』は大戸を降ろしていた。

まさか……。

髭面の浪人と背の高い浪人は、刀剣商『刀心堂』に押し込む気か……。

新八は気が付いた。

もし、そうならどうする……。

新八は、焦りを覚えた。

水戸藩江戸上屋敷の表門前には、中間小者たちによって常夜灯が灯された。

兵庫は、表門脇の潜り戸を入った。

番士は、笑顔で迎えた。

「うむ……」

「黒木さま、目付頭の松木さまが、帰ったら用部屋に御足労を願いたいと……」

「心得た」

兵庫は、目付頭の松木帯刀の用部屋に向かった。

燭台の火は、用部屋を仄かに照らした。

「何用だ」

兵庫は、目付頭の松木帯刀の前に座った。

「うむ。村正の写しに拘わる妙な噂を聞いた」

松木は眉をひそめた。

「妙な噂……」

「ああ……」

「どんな噂だ……」

「かつて、或る大名が村正の写しを謀反の志の証にしようとした事があったとの噂だ」

松木は、厳しい面持ちで告げた。

「謀反の志の証……」

兵庫は眉をひそめた。

「うむ。尤も噂はいつの間にか消えたそうだ」

「そんな噂があったのか……」

「妖刀村正は徳川将軍家に仇なす旗印、謀反の証には持って来いの物だな」

松木は頷いた。

「うむ。して、帯刀。そいつは噂だったのだな」

「ああ。昔の噂だ……」

松木は苦笑した。

「帯刀。今日、目利きの本阿弥宗悦、仙台藩の家臣と不忍池の畔の料理屋で逢った……」

　兵庫は告げた。

「ほう。宗悦が仙台藩の家臣と……」

「うむ。ひょっとしたら帯刀の聞いた噂と拘わりがあるのかも……」

　兵庫は、小さな笑みを浮かべた。

「そうか。仙台藩伊達家か……」

「藩祖政宗公以来何かと噂のある藩だ……」

「松木さま……」

　襖の向こうに番士がやって来た。

「うむ。何だ……」

「御刀番頭の黒木さま、御出でにございますか」

　番士は訊いて来た。

「私に何か用か……」

　兵庫は、顔を見せた。

「はい。只今、新八の使いの者が文を持参致しました」

「新八からの文……」

兵庫は、襖を開けて番士から文を受け取り、開いて読んだ。

「新八、何と云って来たのだ」

「今夜、元浜町の刀剣商刀心堂に賊が押し込むかもしれぬと……」

兵庫は、厳しさを過(よぎ)らせた。

「何。で、どうする」

「備前屋や真光堂に押し込んだ賊なら新八の手に余る。行って来る」

兵庫は、胴田貫を手にして立ち上がった。

燭台の火が瞬(またた)いた。


浜町堀に月影が揺れ、亥(い)の刻四つ（午後十時）の鐘の音が響いた。

刀剣商『刀心堂』は、大戸を下ろして眠りに就いていた。

髭面の浪人と背の高い総髪の浪人が、浜町堀沿いの暗い道をやって来た。そして、刀剣商『刀心堂』の前に立ち止まり、店の様子を窺った。

新八は、千鳥橋の袂に潜み、浜町堀越しに二人の浪人を見張った。

兵庫が現れ、新八の隣に忍んだ。

「兵庫さま……」

「奴らか……」

兵庫は、佇む二人の浪人を示した。

「はい。飲み屋で刻を過ごして来ましたよ」

新八は囁いた。

「うむ……」

兵庫は頷き、浜町堀の向こうにいる二人の浪人を見据えた。

髭面の浪人が、刀剣商『刀心堂』の大戸の潜り戸に忍び寄り、脇差を抜いた。

背の高い総髪の浪人は見守った。

「兵庫さま……」

「よし。行き先を突き止めろ」

「心得ました」

新八は、喉を鳴らして頷いた。

「気を付けてな……」

兵庫は告げ、千鳥橋の袂を出た。

髭面の浪人は、潜り戸の隙間に脇差を差し込んだ。

「何をしている」

兵庫は声を掛けた。

背の高い総髪の浪人と髭面の浪人は、声のした千鳥橋を振り返った。

兵庫は、千鳥橋から現れた。

髭面の浪人と総髪の浪人は、兵庫に対して身構えた。

「近頃、世間を騒がしている刀剣商に押し込む賊か……」

兵庫は冷笑した。

「黙れ……」

髭面の浪人は刀を抜き、猛然と兵庫に斬り掛かった。

兵庫は踏み込み、抜き打ちの一刀を放った。

髭面の浪人は、刀を弾かれて後退した。

「大原……」

総髪の浪人は、髭面の浪人大原に下がれと促した。

「速水……」

速水と呼ばれた総髪の浪人は、大原を遮るように前に出た。

兵庫は、胴田貫を構えた。

速水は、僅かに腰を沈めて兵庫との間合いを詰め、鋭く斬り掛かった。
刃風(はかぜ)が鳴った。
兵庫は斬り結んだ。
刃が嚙み合い、火花が散り、焦(こ)げた臭いが漂った。
兵庫と速水は、鋭く斬り結んだ。
速水の剣は、速く鋭く変幻自在だった。
兵庫は押され、後退(あとずさ)りした。
速水は、嵩(かさ)に懸(か)かって斬り付けた。
刹那、兵庫は素早く踏み込んで胴田貫を鋭く斬り下げた。
胴田貫は唸(うな)り、閃(ひらめ)いた。
速水の腕が斬られ、血が飛んだ。
「此迄(これまで)かな……」
兵庫は、笑みを浮かべた。
速水は、後退りをして刀を構え直した。
「おのれ……」
大原は、兵庫に猛然と斬り込んだ。

兵庫は、胴田貫を閃かせた。

大原は、兵庫と必死に斬り結んだ。

だが、大原は兵庫の敵ではなかった。

「大原……」

速水は、大原の名を呼んで身を翻した。

大原は、慌てて速水に続いて逃げた。

新八が黒い影となり、浜町堀を挟んだ反対側の道を追った。

兵庫は見送った。

「黒木さまにございますか……」

刀剣商『刀心堂』の主の彦兵衛が、潜り戸から出て来た。

「おう。彦兵衛どの……」

兵庫は、胴田貫に拭いを掛けて鞘に納めた。

「黒木さま、盗賊ですか……」

彦兵衛は、恐ろしそうに速水と大原の逃げ去った暗がり見詰めた。

「うむ。どうやら、備前屋や真光堂に押し込んだ奴らのようです」

「そうですか。ま、此処ではなんですので……」

彦兵衛は、兵庫を店に招いた。

「うむ……」

兵庫は頷いた。


「どうぞ……」

刀剣商『刀心堂』のお内儀は、兵庫に茶を差し出した。

「戴く……」

兵庫は茶を飲んだ。

「して、黒木さま。賊は何を狙って手前共の店に……」

彦兵衛は眉をひそめた。

「それなのだが、彦兵衛どの。旗本の本田重蔵どのが刀心堂から買い、奪われた備前長船兼正の写し、銘は備前長船兼正とあったそうだが、地鉄、肌立ち、刃文などからすると、村正ではないのかな」

兵庫は、彦兵衛を窺った。

「黒木さま……」

彦兵衛は、兵庫に怯(おび)えた眼を向けた。

「目利きの本阿弥宗悦はそれに気が付き、訪ねて来たのではないのか……」

「黒木さま、仰る通りにございます。手前は如何に写しであろうとも、徳川家に仇なす妖刀村正には拘わりたくないと思い、旗本の本田さまに……」

彦兵衛は項垂れた。

「彦兵衛どの、お気持ちは良く分かります」

兵庫は頷いた。

「はい。申し訳ありません」

「して、彦兵衛どの。備前長船兼正の銘を彫った村正の写し、何処の誰から手に入れたのですか……」

兵庫は尋ねた。

「はい。それは、真光堂の道春さんが面白い写しがあると云って持ち込まれた物にございます」

「真光堂の道春……」

兵庫は眉をひそめた。

「左様にございます」

彦兵衛は頷いた。

刀剣商『真光堂』道春は、兵庫に村正の脇差の写しを預けて殺された。妖刀村正の写しの出処を辿る手立ては、既に途切れていたのだ。

「そうか……」

「黒木さま、賊は刀の行方を知りたくて、手前共の店に押し込もうと……」

彦兵衛は読んだ。

「おそらく……」

兵庫は、厳しい面持ちで頷いた。

柳原通りに人気はなく、柳並木の緑の枝葉が夜風に揺れていた。

背の高い総髪の速水と髭面の大原は、浜町堀から神田川沿いの柳原通りに出た。

新八は、暗がり伝いに慎重に追った。

速水と大原は、柳原通りを進んで神田川に架かっている新シ橋を渡り、向柳原に進んだ。

向柳原の通りの左右には大名旗本屋敷が並び、三味線堀があった。

何処に行く……。

新八は、戸惑いながら尾行た。

大原と速水は、大名屋敷の裏門に進んで潜り戸を小さく叩き、何事かを告げた。

潜り戸が開き、半纏を着た若い男が顔を出した。

大原と速水は、素早く潜り戸に入った。

半纏を着た若い男は、鋭く辺りを見廻して潜り戸を閉めた。

賭場か……。

新八は、大名屋敷の中間長屋を借りた賭場だと睨んだ。そして新シ橋の傍にある神田佐久間町の木戸番まで駆け戻り、刀心堂に居る兵庫への使いを頼んだ。

四

旗本本田重蔵が奪われた刀……。

刀剣商『備前屋』から奪われた刀……。

刀剣商『真光堂』道春が兵庫に預けた刀……。

備前長船兼正の銘を刻んだ村正の写しは、今の処は三振りだった。

村正の写しは三振りだけなのか、それとも他にもあるのか……。

浪人の速水と大原は、何故に刀剣商に押し込んで村正の写しを奪っているのか……。

誰かに命じられての事だとしたら、命じたのは何者なのか……。

そして、命じた者は、村正の写しを集めてどうするのだ。

公儀に訴え出るつもりなのか、公儀から隠すつもりなのか……。

兵庫は、想いを巡(めぐ)らせながら向柳原の通りを三味線堀に急いだ。

「兵庫さま……」

三味線堀の傍には、新八が待っていた。

「おう……」

「速水と大原、あの大名家江戸下屋敷の中間長屋の賭場を塒(ねぐら)にしているようです」

新八は、三味線堀近くの大名家江戸下屋敷を示した。

「何処の大名家の下屋敷だ……」

「伊勢(いせ)国は長島(ながしま)藩の江戸下屋敷です」

「伊勢国は長島……」

兵庫は眉をひそめた。

「伊勢国長島が何か……」

新八は、戸惑いを浮かべて訊いた。

「うむ。刀匠村正は伊勢は桑名の出だ」

兵庫は告げた。

「じゃあ村正、伊勢の長島とも拘わりが」

新八は首を捻った。

「あるのかもな……」

「それにしても、速水と大原、今迄に奪った村正の写し、どうするつもりなんですかね」

「分からないのはそこだ……」

兵庫は首を捻った。

「兵庫さま……」

新八は、伊勢国長島藩江戸下屋敷の裏門を示した。

浪人の速水と大原が裏門から現れ、御徒町(おかちまち)に向かった。

「さあて、何処に行くのか……」

新八は、速水と大原を追った。

兵庫は続いた。


下谷広小路から不忍池、寛永寺の裏の谷中から芋坂を下って根岸の里……。

浪人の速水と大原は、根岸の里の石神井用水のせせらぎ沿いの小道を進んだ。

「どうやら、目利きの本阿弥宗悦の処ですね」

新八は読んだ。

「うむ。よし、先廻りをするぞ」

兵庫は、石神井用水沿いの小道から離れ、金杉新田（かなすぎしんでん）の田畑の畦道（あぜみち）に入り、本阿弥宗悦の家に急いだ。

新八は続いた。


目利きの本阿弥宗悦の家は、広い縁側の雨戸を閉めていた。

兵庫と新八は、田畑の緑の中から見守った。

速水と大原は、宗悦の家の様子を窺って戸口に向かった。

大原は、宗悦の家の戸を叩いた。

「宗悦さん、刀剣商の刀心堂の使いの者だ。宗悦さん……」

大原は、戸を叩きながら家の中に告げた。

「只今……」

家の中から宗悦の声がした。

大原は、速水に目配せをして戸口の脇で身構えた。

板戸が開き、人影が出て来た。

大原は、人影に飛び掛かった。

刹那、刀が突き出された。

大原は、腹を突き刺されて後退りし、仰向けに倒れた。

「大原……」

速水は叫んだ。

戸口から頭巾を被った武士が、血に濡れた刀を手にして出て来た。

宗悦の家の広い縁側の雨戸が開き、五人の武士が現れ、速水を取り囲んだ。

「速水蔵人か……」

頭巾の武士は、速水に嘲りを投げ掛けた。

「おのれ。刀匠の光景に村正の写しを造らせ、恐ろしくなって写しを持って逃げた光景を殺し、闇に葬ったのは分かっている」
速水は、頭巾の武士を厳しく見据えた。
「それ故、光景の造った村正の写しを集めて公儀に訴え出るか……」
頭巾の武士は嘲笑した。
「ああ……」
「そうはさせぬ……」
頭巾の武士は、五人の武士に目配せをした。
武士の一人が、速水に猛然と斬り掛かった。
速水は、抜き打ちの一刀を放った。
斬り掛かった武士が、脇腹を斬られ血を飛ばして倒れた。
残る四人の武士が、一斉に速水に斬り掛かった。
速水は斬り結んだ。
だが、四人の武士は手練れであり、速水は激しく斬り結んだ。
速水と四人の武士は、互いに浅手を負いながら斬り合った。
速水は、一人の武士の左肩を斬り下げた。
武士は倒れた。

刹那、背後にいた武士が速水に斬り付けた。

速水は背中を斬られ、血を飛ばして仰け反った。

残る三人の武士が、よろめく速水に殺到した。

速水は、片膝を突きながら必死に刀を閃かせた。

頭巾の武士は、薄笑いを浮かべて見守った。


「兵庫さま……」

新八は眉をひそめた。

「新八、速水を入谷の瑞泉寺に担ぎ込め……」

兵庫は命じた。

「心得ました」

新八は頷いた。

「よし。行くぞ」

兵庫は、田畑の緑から飛び出し、斬り合う速水と頭巾の武士たちの許に走った。

新八は続いた。

武士の一人が振り返った。

兵庫は、胴田貫を一閃した。

刃風が鳴り、閃きが走った。

武士は、大きく仰け反り倒れた。

残る二人の武士は後退し、間合いを取って刀を構えた。

兵庫は、片膝を突いた速水を庇い立った。

「お、おぬし……」

速水は戸惑った。

新八が、速水に駆け寄って助け起こした。

「逃げろ……」

兵庫は命じた。

「さあ……」

新八は、倒れ掛かる速水に肩を貸して必死に逃げた。

「速水を逃がすな、斬れ……」

頭巾の武士が叫んだ。

二人の武士が追い掛けようとした。

兵庫は、立ちはだかった。

「退け……」

二人の武士は、兵庫に怒鳴った。

「死に急ぐか……」

兵庫は、冷笑を浮かべた。

「黙れ……」

武士の一人が、兵庫に斬り掛かった。

兵庫は、大きく踏み込んで胴田貫を鋭く突き出した。

胴田貫は閃き、武士の首の血脈を斬り裂いた。

武士は、首の血脈から血を振り撒いて倒れた。

「お、おのれ……」

残る武士は怯んだ。

新八は、既に速水を連れて逃げ去り、その姿は見えなくなっていた。

「此迄だな……」

兵庫は、胴田貫を一振りした。

鋒から血が飛んだ。

兵庫は、胴田貫を鞘に納めて踵を返した。

残る武士が、兵庫に斬り掛かろうとした。

「止めろ……」

頭巾を被った武士は止めた。

残った武士は、大きな吐息を洩らして刀を引いた。

「おのれ、黒木兵庫……」

頭巾を被った武士は、立ち去って行く兵庫に吐き棄てた。

根岸の里の田畑の緑は微風に揺れた。


入谷瑞泉寺の境内では、大柄な若い僧が竹箒を使って朝の掃除をしていた。

山門から武士が入って来た。

若い僧は、それとなく竹箒を構えた。

「やあ。源心……」

入って来た武士は、兵庫だった。

「兵庫さま……」

源心は、笑みを浮かべて兵庫を迎えた。

「おぬしが警戒をしている処をみると、新八と速水は無事に着いたようだな」

兵庫は読んだ。

「今、老師が辰造さんに手伝わせて手当てをしていますよ」

源心は告げた。

「そうか……」

「して、追手は……」

源心は、兵庫の背後を窺った。

「来るまい……」

兵庫は苦笑した。

「それはそれは、南無大師遍照金剛……」

源心は、手を合わせて経を呟いた。

瑞泉寺の老住職の道源は、速水を蒲団に寝かせて背中の傷の手当てをしていた。

「兵庫さま……」

見守っていた新八が、入って来た兵庫に気が付いた。

「うむ。御苦労だった」

兵庫は、新八を労った。

「よし。辰造、傷口を湯で拭い、膏薬を貼って晒しを巻け……」

道源は、寺男の辰造に命じて手水で手を洗った。

「承知致しました」

辰造は、濡れ手拭で速水の背中の傷を拭い始めた。

「道源さま……」

兵庫は、黒木家の大叔父である老僧道源に深々と頭を下げた。

「うむ、兵庫。傷はかなりの深手だ。その場で息絶えても不思議はなかった」

道源は、僧でありながら医者としての腕もかなりのものだった。

「ならば……」

「流石に修行で鍛えた身体だ。此処まで良く持ったな」

道源は、長い白髪眉をひそめた。

「では……」

「うむ。訊きたい事があるのなら、手早くな」

「はい……」

道源は、立ち上がり座敷から出て行った。

「新八……」

兵庫は、新八に道源の身の廻りの世話を命じた。

「はい……」

新八は、道源に続いた。

「ちょいとお願いします」

辰造は、速水に手際良く晒しを巻き、手水盥(ちょうずだらい)を持って出て行った。

「うむ……」

兵庫は頷き、速水を見守った。

「か、忝い(かたじけない)……」

速水は、微かに囁いた。

「速水蔵人……」

「黒木兵庫、妖刀村正の写し、三振り目は何処にあるのか、知っているか……」

「私が真光堂道春から預かっている」

「やはり、そうだったか……」

速水は、微かな笑みを浮かべた。

「村正の写しを集めて、公儀に訴え出るつもりか……」

「俺は、村正の写しを無理矢理に造らされて殺された刀匠光景の恨みを晴らしたいだけだ」

「刀匠光景とは……」

「俺の兄だ」

「兄……」

「ああ。兄の光景は出来上がった三振りの村正の写しを持って逃げた。そして、追手を掛けられ、写しを売りながら逃げ廻り、斬り棄てられた」

速水は、苦しく息を鳴らした。

「して、光景に無理矢理、村正の写しを造らせたのは、陸奥国仙台藩の白倉釆女正か……」

兵庫は訊いた。

「ああ。白倉釆女正、知っているのか……」

「一度、挨拶を交わした覚えがある。顔は忘れていたが、身の熟しなどが教えてくれた」

兵庫は告げた。

「そうか。如何(いか)に兄の恨みを晴らす為とは云え、備前屋長左衛門と真光堂道春には申し訳ない事をした。残された者に私を存分に恨(うら)むように伝えてくれ……」

速水は、途切れ途切れに伝え、静かに息を引き取った。

速水蔵人……。

兵庫は、手を合わせた。

老僧道源の読む経が、本堂から朗々(ろうろう)と響き始めた。


海風は汐の香りを届けていた。

陸奥国仙台藩江戸上屋敷は、浜御殿(はまごてん)を背にした海辺に建っていた。

兵庫は、仙台藩江戸上屋敷を眺めていた。

新八が、仙台藩江戸上屋敷から兵庫の許に駆け戻って来た。

「書状、届けて来ました」

「御苦労だった。ならば行くか……」

兵庫は、新八を促して踵を返した。

僅かな刻が過ぎた。

頭巾を被った武士が、仙台藩江戸上屋敷から出て来た。

風が吹き抜け、溜池に小波が走った。

頭巾を被った武士は、小鳥の囀りの飛び交う溜池の馬場に入って来た。

兵庫が佇んでいた。

頭巾を被った武士は、兵庫と対峙するかのように立ち止まった。

「黒木兵庫……」

頭巾を被った武士は、兵庫を見据えた。

「仙台藩御刀番頭の白倉采女正か……」

兵庫は笑い掛けた。

「いつ気が付いた……」

武士は苦笑し、頭巾を脱ぎ棄てた。

「見覚えのある身の熟し、不忍池の料理屋で目利きの本阿弥宗悦に逢い、芝口の上屋敷に戻った折にな……」

兵庫は笑った。

「そうか……」

白倉は苦笑した。

「徳川家に反旗を翻(ひるがえ)す志の証となる村正の写し、企てたのは……」

「拙者(せっしゃ)だ……」

白倉は、兵庫の読みを遮った。

「白倉……」

兵庫は眉をひそめた。

「拙者の一存で企てた事だ……」

白倉は、兵庫を見据えて云い放った。

覚悟を決めている……。

最早、翻す事はなく、白倉はその責めを一人で背負うつもりなのだ。

兵庫は、白倉采女正の腹の内を読んだ。

「そうか……」

兵庫は頷いた。

「うむ。何もかも、拙者一人の企てだ」

白倉は笑った。

一家臣の御刀番頭が、大名家の行く末を左右するような大事を企てられる筈はない。
況(ま)して他の大名家を巻き込むような企てなど、出来る筈などないのだ。
白倉釆女正は、総ての責めを背負った。
「それで良いのか……」
兵庫は念を押した。
「うむ……」
白倉は、笑みを浮かべて兵庫との間合いを詰めた。
小鳥の囀りが消えた。
兵庫は、僅かに腰を沈めた。
刹那、白倉は大きく踏み込み、刀を抜き打ちに放った。
兵庫は、胴田貫を閃かせた。
砂利が飛び、草が千切れ、閃光が交錯した。
兵庫と白倉は交差し、残心(ざんしん)の構えを取った。
凍て付(いっ)いた刻が僅かに過ぎた。
白倉は、胸元を鋭く斬り上げられて横倒しになった。
兵庫は、残心の構えを解き、白倉の生死を確かめた。

白倉采女正は絶命していた。

兵庫は、白倉の死体に手を合わせた。

新八が現れ、駆け寄った。

小鳥の囀りが飛び交った。


妖刀村正の写しは、青白い光を放った。

兵庫は、刀剣商『真光堂』主の道春から預かった脇差を抜いて見据えた。

「村正の写しか……」

目付頭の松木帯刀は、吐息混じりに覗き込んだ。

「うむ。村正の写しかもしれぬが、刀匠光景の念の籠もった脇差、既に村正以上の一振りかもしれぬな」

兵庫は、備前長船兼正の銘が刻まれた脇差を眺めた。

「うむ。して、仙台藩御刀番頭の白倉采女正、総（すべ）ての罪を一人で背負って滅び去ったか……」

松木は眉をひそめた。

「うむ。妖刀村正の写しを探していた浪人の速水蔵人もな……」

「そして、妖刀村正の写しの噂の真相は、闇の彼方か……」

松木は、吐息を洩らした。

「うむ……」

兵庫は頷いた。

「よし。ならば、妖刀村正の写しの一件、殿のお耳には入れずに置くか……」

「徳川家一門の水戸家の主としては、知れば放っては置けぬ。此処はそいつが良いだろう」

兵庫は頷いた。

「うむ。じゃあな……」

松木は、兵庫の用部屋から出て行った。

兵庫は、刀匠光景の造った村正の写しを見詰めた。

村正の写しは、既に備前長船光景としての輝きを放っていた。

兵庫は、眩しげに眼を細めて微笑みを浮かべた。

第四話　仇討人

一

隅田川には荷船が行き交っていた。

向島の土手道は、桜の季節も既に過ぎ、緑の葉が川風に揺れていた。

水戸藩江戸下屋敷の奥庭には、京之介の裂帛(れっぱく)の気合いと木刀の打ち合う甲高(かんだか)い音が響いていた。

京之介は、突き飛ばされて倒れた。

「此迄(これまで)ですかな……」

御刀番頭の黒木兵庫は、木刀を手にして倒れた京之介に笑い掛けた。

「未(ま)だ未(ま)だ……」

京之介は、木刀を握り直して猛然と兵庫に打ち掛かった。

兵庫は、打ち掛かる京之介の木刀をあしらった。

京之介は、懸命に打ち込んだ。

兵庫は、身を引いて京之介の打ち込みを躱し、木刀を一閃した。

甲高い音が響き、京之介の木刀が空に飛んだ。

京之介は怯んだ。

「今日は此迄ですな」

兵庫は笑った。

「はい。忝うございました」

京之介は、威儀を正して兵庫に頭を下げた。

「うむ……」

兵庫は頷いた。

「それでは、急ぎ、着替えて参ります」

京之介は、奥御殿にある自室に走った。

兵庫は見送った。

「兵庫どの……」

奥御殿の濡れ縁に座ったお眉の方が、兵庫を呼んだ。

「はっ……」

兵庫は、濡れ縁にいるお眉の方の許に進み出た。

「御苦労様でした。お茶をどうぞ……」

お眉の方は、兵庫を労って茶を勧めた。

「ありがとうございます」

「それで、兵庫どの。京之介の剣の腕前は上達しておりますか……」

お眉の方は、母親の顔を見せた。

「はい。京之介さま、熱心なので年相応以上の上達振りにございます」

兵庫は誉めた。

「兵庫どの。いつ迄も虎松扱いで、甘やかしてはなりませぬぞ」

お眉の方は苦笑した。

「甘やかすなどと、真の事にございます」

兵庫は慌てた。

「そうですか、それなら良いのですが……」

お眉の方は頷いた。

「それより、お眉の方さま。その後、清涼院のおきちと佐吉たちは如何でしょうか……」

兵庫は、孤児の佐吉たちの為にお眉の方に造って貰った孤児院の事を尋ねた。

「おお。佐吉や直太たち、おきちと一緒に野良仕事に精を出していますよ」

お眉の方は微笑んだ。

「それは良かった」

「妾も一日置きに手習いと算盤を教えておりますが、佐吉たち、それはもう熱心に学んでおりますよ」

「それは良かった」

佐吉たち孤児は、真面目に学び働いているようだ。

兵庫は、お眉の方に感謝した。

「お待たせ致しました」

京之介は、大名家家臣の倅の形をして戻って来た。

「はい。では、参りますか……」

兵庫は頷いた。

「はい……」

京之介は、張り切って返事をした。

隅田川からの川風は、向島に心地好く吹き抜けていた。

京之介は、水戸藩江戸下屋敷を出て大きく背伸びをした。

「京之介さま、又背が伸びたようですね」

兵庫は微笑んだ。

「はい。一寸（約三センチ）程……」

京之介は笑った。

「それは何より。じゃあ……」

兵庫と京之介は、隅田川に架かっている吾妻橋に向かった。


吾妻橋は浅草と北本所を結ぶ長さ八十四間（約一五三メートル）の橋であり、多くの人が行き交っていた。

兵庫と京之介は、吾妻橋を渡って金龍山浅草寺に向かった。

浅草広小路は、浅草寺の参拝客と見物客で賑わっていた。

兵庫と京之介は、広小路の雑踏を抜けて雷門を潜った。

浅草寺境内は参拝客で賑わっていた。

兵庫と京之介は、観音さまに参拝して茶店に落ち着いた。

兵庫は茶を飲み、京之介は団子を食べた。

境内には大勢の参拝客が行き交った。

男の怒声があがった。

大勢の人が、男の怒声のあがった方に走った。

「兵庫の父上……」

京之介は、食べ掛けの団子を手にして立ち上がった。

「うむ……」

兵庫は、湯飲み茶碗を置いた。


人々が見守る中、二十歳半ばの旅姿の武士が、初老の町医者と半纏を着た三人の職人を睨み付けていた。

「黙れ。その方が元上田藩の筧平八郎だと云う事は分かっているのだ。尋常に勝負を致せ」

若い旅の武士は、初老の町医者に向かって怒鳴った。

「違う。私は医者の桂井東伯、筧平八郎などではない」

初老の町医者は叫んだ。

「おのれ、筧平八郎……」

「何云ってんだ、お侍。こっちはお医者の桂井東伯先生だぜ。人違いだ」

半纏を着た職人たちは、町医者の桂井東伯を連れて行こうとした。

「待て、筧平八郎。拙者は十年前、その方に斬られた上田藩家臣岸田監物が一子数馬、忘れたとは云わせぬぞ」

若い旅の武士、岸田数馬は怒鳴り、町医者に摑み掛かろうとした。

「煩せえ。今から東伯先生は屋根から落ちた瓦職人の手当てに急ぐんだ。邪魔するんじゃあねえ」

二人の職人が、若い旅の武士の身体を押さえ付けた。

「さあ。東伯先生……」

残る職人が、町医者の桂井東伯を促して連れて行った。

「ま、待て。筧平八郎、父の仇……」

岸田数馬は、半纏を着た職人と駆けて行く町医者の桂井東伯に追い縋った。

「邪魔するなと云ってんだろう」

二人の職人は、岸田数馬を乱暴に突き飛ばした。

「さあ。仇討ちなんて古臭え事はさっさと止めるんだな」

二人の職人は、倒れた岸田数馬に嘲笑を浴びせて立ち去った。

見ていた人々は、倒れたまま動かない岸田数馬を横目に立ち去り始めた。

岸田数馬は倒れた。

「兵庫の父上……」

京之介は、怪訝に兵庫を見上げた。

「仇討ちです」

兵庫は告げた。

「仇討ち……」

京之介は眉をひそめた。

「ええ。旅の若侍、岸田数馬は、十年前に父親の岸田監物を筧平八郎なる者に斬られ、仇討ちの旅に出た。そして今日、桂井東伯と云う町医者を父の仇の筧平八郎だと見定め、仇を討とうとしたのです」

兵庫は、のろのろと立ち上がる岸田数馬を見ながら京之介に教えた。

「でも、人違いだったのですか……」

京之介は、気の毒そうに岸田数馬を見ていた。

「らしいですね……」

兵庫は頷いた。

岸田数馬は、見ている京之介に気が付いて小さく舌打ちをした。

兵庫は眉をひそめた。

岸田数馬は立ち上がり、重い足取りで東門に向かった。

兵庫と京之介は、見送った。

岸田数馬は、東門から出て行った。

「さあ。京之介さま、寛永寺に行きますよ」

兵庫は、見送っている京之介を促した。

「うん……」

京之介は頷き、初めて行く下谷東叡山寛永寺に張り切って向かった。


燭台の火は揺れた。

兵庫は、新八と晩飯を食べながら昼間の出来事を話して聞かせた。

「へえ。仇討ちですか……」

新八は、興味深げに兵庫に訊き返した。

「ああ。仇も討手も信濃は上田藩五万石の家中の者共でな。十年前に斬られた父親の仇討ちのようだ」

兵庫は、手酌で酒を飲んだ。

「十年前に斬られたって事は、その岸田数馬って討手、十年も仇の筧平八郎を捜して旅をしてんですか……」

新八は眉をひそめた。

「うむ。岸田数馬、見た処、二十五、六歳だ」

兵庫は読んだ。

「じゃあ、十五、六歳の頃から仇討ちの旅に出ているんですか……」

新八は驚いた。

「きっとな……」

兵庫は頷いた。

「そいつは大変ですねえ」

新八は、吐息を洩らした。

「ああ……」

兵庫は頷き、酒を飲んだ。

「処で、京之介さま、寛永寺や不忍池を初めて見てどうでした」

「うむ。そりゃあもう、喜んでいたよ」

兵庫は笑った。

「それは良かった。して、どうします」

「何が……」

「仇討ち騒ぎ、ちょいと調べてみますか……」

新八は、飯を食べながら訊いた。

「新八……」

兵庫は苦笑した。


兵庫は、御刀蔵から持って来た一刀の目釘を抜き、茎尻を下に据えて姿全体を見た。

刃長は二尺二寸（約六十七センチ）、反りは四分六厘（約十四ミリ）、地鉄は小板目肌詰み、刃文は沸深く付き、茎に井上真改の銘が刻まれていた。

井上真改……。

井上真改は、和泉守国貞の初代の子で〝大坂正宗〟と賞された刀匠だった。

変わりなし……。

兵庫は、井上真改の刀身に丁寧に拭いを掛け、白鞘に納めた。

「お頭、目付頭の松木さまがお見えにございます」

用部屋の戸口に御刀番の配下が現れた。

「うむ、お通り戴け……」

兵庫は、井上真改を御刀蔵の中に納め、鍵を掛けて用部屋に戻った。

「おう。どうした……」

兵庫は、入って来た目付頭の松木帯刀を迎えた。

「うむ。昨日、浅草寺の境内で仇討ち騒ぎがあったそうだな」

松木は訊いた。

「良く知っているな」

兵庫は戸惑った。

「うむ。下屋敷の御留守居番が京之介さまから聞いたそうだ」

「成る程……」

「京之介さま、仇討ち騒ぎを見て甚く感心されたそうでな。その後、どうなったか、知りたいと仰(おっしゃ)っているとか……」

「そうか……」

「うむ。して、仇討ち、どうなっている」

「知らぬ……」

兵庫は笑った。

「知らぬ……」

松木は眉をひそめた。

「ああ。帯刀、赤の他人の仇討ち、何故に俺が知っているのだ」

「それはそうだが、兵庫の事だからな……」

松木は、兵庫に疑いの眼を向けた。

「そう思うか……」

「思う……」

松木は頷いた。

「分かった。ならば、信濃国上田藩に知り合いはいるのかな」

兵庫は苦笑した。

浅草寺の境内は賑わっていた。

新八は、茶店の老亭主に尋ねた。

「昨日の仇討ち騒ぎのお医者ですか……」

「ええ。名前は確か桂井東伯さんて云った筈ですが、家はどちらですか……」

新八は訊いた。

「家は東門を出た処の山之宿町ですよ」

茶店の老亭主は告げた。

「そうですか。で、桂井東伯さん、いつ頃からお医者をしているんですか……」

「確か五、六年ぐらい前からですかね」

「五、六年前ですか……」

新八は眉をひそめた。

仕舞屋の格子戸の脇には、『本道医・桂井東伯』の看板が掛けられていた。

新八は、物陰から『本道医・桂井東伯』の家を眺めた。

『本道医・桂井東伯』の家の格子戸は閉められ、患者が出入りしている気配はなかった。

留守、往診にでも行っているのか……。

新八は、桂井東伯の家を見廻した。

裏に続く路地から若い武士が現れ、厳しい面持ちで桂井東伯の家を窺った。

仇討ちの若い武士の岸田数馬か……。

桂井東伯が留守だと知り、家の周囲を一廻りして来たか……。

新八は睨んだ。

岸田数馬と思われる若い武士は、旅装を解いていた。

何処かに草鞋を脱いだのか……。

新八は読んだ。

岸田数馬と思われる若い武士は、桂井東伯がいないのを見定めて花川戸町の通りに向かった。

新八は尾行た。

花川戸町、山之宿町、金龍山下瓦町……。

岸田数馬と思われる若い武士は、通りを北へ進んで山谷堀に架かっている今戸橋を渡り、浅草今戸町に進んだ。

新八は、慎重に尾行した。

岸田数馬と思われる若い武士は、一軒の店に向かった。

「お帰りなさい……」

店の前を掃除していた三下が迎えた。

「うむ……」

岸田数馬と思われる若い武士は、店に入って行った。

店の長押には、丸に長の字の書かれた提灯が並べられていた。

博奕打ちの貸元の店か……。

新八は、岸田数馬の入った店を見守った。

岸田数馬と思われる若い武士は、博奕打ちの店に草鞋を脱ぐような者なのか……。

新八は、店の前を掃除している三下に駆け寄った。

「兄い。ちょいと尋ねるが、今、入ったお侍、松木帯刀さまかい……」

嘘も方便だ……。

新八は、三下に尋ねた。

「松木帯刀……」

三下は、掃除の手を止めて訊き返した。

「ええ……」

新八は頷いた。

「違うぜ」

三下は、新八に怪訝な眼を向けた。

「違う。本当ですか……」

新八は、三下に疑いの眼差しを向けた。

「ああ。今のお侍は、岸田数馬ってお人だよ」

三下は苦笑した。

「岸田数馬……」

「ああ……」

新八は頷いた。

「そうですか。人違いか、兄い、造作をお掛けしました」

新八は、三下に詫(わ)びて早々に離れた。

若い武士は、睨み通り岸田数馬だった。

新八は見定めた。

二

信濃国上田藩の江戸上屋敷は浅草瓦町(かわらまち)にあった。

兵庫は、松木帯刀に紹介された上田藩目付の三谷(みつや)敬一郎(けいいちろう)を訪れた。

「さて、黒木どの、御用とは……」

三谷は、松木の紹介状を読み終え、兵庫に笑い掛けた。

「はい。付かぬ事をお伺いしますが、上田藩では十年前、筧平八郎なる藩士が家中の岸田監物なる者を斬り棄てて逐電(ちくでん)したと聞きましたが、相違ありませんか……」

兵庫は尋ねた。

「黒木どの、それを誰から……」

三谷は、緊張を滲(にじ)ませた。

どうやら本当だ……。

兵庫は、三谷の反応を読んだ。

「過日、浅草は浅草寺で仇討ち騒ぎに出遭いましてな」

兵庫は、三谷を見詰めた。

「浅草寺で仇討ち騒ぎ……」

　三谷は眉をひそめた。

「左様。岸田数馬なる旅の若い武士が町医者を元上田藩士筧平八郎と呼び、父の仇と詰め寄りましてね」

「して……」

「筧平八郎と呼ばれた町医者に往診を頼んでいた職人たちが、怪我人の治療の邪魔をするなと突き飛ばして駆け去り、岸田数馬なる者の仇討ちは不首尾に終わりました」

　兵庫は告げた。

「そうですか……」

　三谷は、厳しい面持ちで頷いた。

「ならば、やはり上田藩の……」

「如何にも……」

　三谷は頷いた。

「して、岸田数馬から報せは……」

「それがないのです」

三谷は、困惑を滲ませた。

「ない……」

兵庫は眉をひそめた。

仇討ちの旅に出た者は、江戸に来た時には藩の江戸屋敷に報せ、何かと力を貸して貰うのが普通だ。だが、岸田数馬は江戸上屋敷に届け出てはいなかった。

何故だ……。

兵庫は戸惑った。

「黒木どの。岸田数馬、以前は江戸に来れば必ず顔を見せていたのですが、二、三年前から来なくなりましてね。ま、当てもなく仇を捜す旅。長い間、やっていればいろいろありますよ」

三谷は苦笑した。

「そうですか……」

「ええ……」

「処で、筧平八郎なる者、何故に岸田監物どのを斬ったのですか……」

兵庫は尋ねた。

「それが、当時、岸田監物どのは国許の郡奉行。筧平八郎はその組頭の役目を勤めていましてね」

「郡奉行と配下の組頭……」

「ええ。それでお役目の事で揉め、斬り合いとなった……」

「筧平八郎、上役と揉めたのですか……」

「それで、筧平八郎は岸田監物どのを斬り棄て、上田から逐電し、十五歳だった岸田数馬が叔父と下男の三人で仇討ちの旅に出たのだが、三年後に叔父が病に倒れ、五年後に奉公人が路銀を持ち逃げしましてな」

「以来、岸田数馬は一人で仇討ちの旅を続けているのですか……」

「如何にも。仇討ち本懐を遂げぬ限り、上田には戻れませんからね」

三谷は、岸田数馬を哀れむように告げた。

「して、岸田数馬、江戸に来ても藩邸に顔を見せなくなりましたか……」

「ええ。当てのない長い仇討ちの旅、何があっても不思議はありませんからねえ」

三谷は、吐息を洩らした。

「ええ……」

兵庫は、岸田数馬を哀れんだ。

「処で黒木どの。岸田数馬に仇の筧平八郎と呼ばれた町医者と云う者は……」

三谷は尋ねた。

「桂井東伯と云う四十過ぎの町医者です」

兵庫は告げた。

「桂井東伯、四十過ぎの町医者ですか……」

「ええ。何か心当たりでも……」

「いえ。筧平八郎、岸田監物どのを斬って逐電したのは三十過ぎ、年の頃は合いますが……」

「そうですか……」

兵庫は頷いた。

桂井東伯は、五年前から浅草山之宿町で町医者を始めていた。

家族や医生のいない東伯は、本道医より外科医としての方が評判が良かった。

そして、往診を主にした診療をし、貧乏人から薬代を取らず、只で治療をしていた。

評判は良い……。

新八は、町医者桂井東伯の評判を訊いて歩いた。

「桂井東伯、五年前に開業した評判の良い町医者か……」

兵庫は、新八から報された。

「はい。どんな貧乏人の家にでも往診に行き、薬代は取らないそうですよ」

新八は報せた。

「そうか。して、討手の岸田数馬は……」

「そいつが、今戸の博奕打ちの貸元、長兵衛の家に草鞋を脱いで、桂井東伯を捜していますよ」

「博奕打ちの貸元長兵衛……」

兵庫は眉をひそめた。

「ええ。どう云う拘わりなのかは分かりませんが、仇討ちの旅をする者が草鞋を脱ぐ処ではありませんよ」

新八は吐き棄てた。

「そんな奴か……」

「はい。それで兵庫さま、京之介さまが此の仇討ちに興味をお持ちなのですか

「……」

「うむ。京之介さまにとっては、初めて目にした仇討ち話。いろいろ知りたい事があるのだろう」

兵庫は読んだ。

「それは分かりますが……」

「うむ。仇討ちは、逃げ廻る仇持ちが悪くて、討手が正しいとは限らぬ。その辺りをどう思われるか……」

兵庫は苦笑した。


隅田川から吹く川風は、向島の桜並木の緑の枝葉を揺らしていた。

兵庫は、水戸藩江戸下屋敷を訪れた。

京之介は、兵庫を待ち兼ねていた。

「それで、岸田数馬の仇討ちはどうなりました」

京之介は、挨拶を終えた兵庫に身を乗り出した。

「落ち着きなさい。京之介……」

お眉の方は、京之介を窘めた。

「は、はい……」

京之介は、不服そうに頷いた。

「京之介さま、新八が調べた処によりますと、仇と狙われた桂井東伯は往診を主にした町医者で、評判は良いようです」

兵庫は告げた。

「へえ、人を斬った仇の癖に評判は良いのですか……」

京之介は、戸惑いを浮かべた。

「京之介さま、仇持ちが評判の悪い悪人とは限りません」

兵庫は、京之介を見据えた。

「えっ。人を斬り殺して逐電してもですか……」

京之介は困惑した。

「はい。同じ家中の上役を斬るには、それなりの理由がある筈です。その理由が分からない限りは……」

「それは、そうかもしれないけど……」

京之介は眉をひそめた。

「それから京之介さま。討手の岸田数馬ですが、父親の岸田監物を篦平八郎に斬り殺され、叔父や下男と仇討ちの旅に出たのが十五歳の時。以来、何処にいるのか分からない仇を追っての旅……」

兵庫は告げた。

「十五歳の時……」

お眉の方は眉をひそめた。

「へえ。今の私より二歳上の時に……」

京之介は感心した。

「そして、三年後に叔父が病に倒れ、五年後に下男が路銀を持って逃げたそうです」

「なんと……」

京之介は驚いた。

「ならば、岸田数馬どの、それから一人で仇討ちの旅をしているのですか……」

お眉の方は困惑した。

「はい。以来、今日迄、どのような旅をして来たのか……」

兵庫は眉をひそめた。

「兵庫どの……」

お眉の方は、微かな不安を過らせた。

「岸田数馬、今では江戸に出て来ても上田藩の江戸屋敷に顔を出さず、博奕打ちの貸元の世話になっているようだと……」

兵庫は、厳しさを滲ませた。

「博奕打ちの貸元ですか……」

京之介は、戸惑いを浮かべた。

「はい……」

兵庫は頷いた。

「兵庫どの……」

「はい。岸田数馬、仇討ち本懐を遂げぬ限りは、国許に帰って岸田家の再興は叶いません。それが武家の掟。今の数馬はそうした掟をどう思っているのか……」

「虚しさを覚えているのかもしれませんね」

お眉の方は、岸田数馬を哀れんだ。

「はい……」

兵庫は頷いた。

「ですから、どんな理由があっても、武士はやっぱり仇討ち本懐を遂げなければならないのです」

　京之介は云い放った。

「京之介、それが岸田数馬どのにとって良い事なのかどうか……」

　お眉の方は、吐息混じりに告げた。

「はい。では、京之介さま、剣術の稽古のお仕度を……」

　兵庫は促した。

「うん。では母上……」

　京之介は、お眉の方に一礼して座敷から出て行った。

　お眉は、兵庫に不安そうな眼を向けた。

「兵庫どの……」

「京之介さまが、仇討ちがどのようなものか知る良い機会です」

　兵庫は厳しく告げた。


　山谷堀の流れは下谷三之輪町から浅草田圃(たんぼ)や吉原の前を抜け、今戸町から隅田川に注ぎ込んでいる。

　新八は、物陰から博奕打ちの貸元長兵衛の家を見張っていた。

岸田数馬は、未だ貸元長兵衛の家にいるのか……。

新八は見張った。

岸田数馬が博奕打ちを従え、長兵衛の家から出て来た。

現れた……。

新八は、山谷堀に架かっている今戸橋に向かう岸田数馬と博奕打ちを追った。

岸田数馬と博奕打ちは、浅草広小路に続く通りから山之宿町の辻を浅草寺東門に曲がった。

町医者桂井東伯の家に行く……。

新八は読んだ。


町医者桂井東伯の家には、患者が出入りしている様子はなかった。

岸田数馬と博奕打ちは、桂井東伯の家を眺めた。

「猪吉(いのきち)……」

岸田数馬は、博奕打ちを猪吉と呼んで促した。

「へい……」

博奕打ちの猪吉は、桂井東伯の家に駆け寄って閉められた格子戸を叩いた。

岸田数馬は、厳しい面持ちで見守った。

「先生、桂井東伯先生……」

猪吉は、戸を叩いて名を呼んだ。

だが、返事はなく、戸が開く事はなかった。

「いませんね。往診にでも行っているんですかね」

猪吉は告げた。

「おのれ。よし、桂井東伯が帰って来るのを待つ間、一稼ぎするか……」

数馬は笑った。

「でしたら、良い鴨がいますぜ」

猪吉は、嘲りを浮かべた。

新八は見守った。


隅田川に架かる吾妻橋には、多くの人が行き交っていた。

兵庫は、京之介を伴って吾妻橋を下り、人込みの中を浅草寺に向かった。

「あっ……」

京之介は、浅草広小路を横切って行く新八に気が付いた。

兵庫は、京之介の視線を追って新八に気が付いた。

そして、新八の先に岸田数馬と博奕打ちがいるのに気が付いた。

新八は岸田数馬を追っている……。

兵庫は読んだ。

「新八は、岸田数馬を追っています」

「えっ……」

京之介は驚いた。

兵庫は、新八を追った。

「あっ、兵庫の父上……」

京之介は、慌てて続いた。


浅草広小路を横切ると材木町であり、様々な店が軒を連ねていた。

岸田数馬と猪吉は、連なる店の中にある呉服屋に向かった。

新八は追った。

猪吉は、呉服屋の横の路地に岸田数馬を残し、店に入って行った。

呉服屋に何の用だ……。

新八は、物陰から見送った。

「新八……」

兵庫の声が背後からした。

新八は、振り返った。

兵庫が、京之介を伴ってやって来た。

「兵庫さま……」

「岸田数馬、何をしている……」

兵庫は、呉服屋の横の路地に佇んでいる岸田数馬を眺めた。

「さあ。京之介さま……」

新八は、京之介に挨拶をした。

「うん。岸田数馬、此処に何しに来たのかな」

京之介は首を捻った。

「岸田数馬は町医者の桂井東伯の家に行って、留守なのを見届けてから此処に来ました」

新八は告げた。

猪吉が、若旦那に押されるように呉服屋から出て来た。

「何だい、いきなり押し掛けてきて賭場がどうした、こうしただなんて、お父っつあんに知られたら勘当ものだよ」

若旦那は、猪吉に怒った。

「だったら、金を出すんだな……」

岸田数馬は告げた。

「えっ……」

若旦那は驚き、狼狽えた。

「旦那に黙っていて欲しかったら、二十両を出して貰おうか……」

岸田数馬は脅した。

「お、お侍さん……」

若旦那は怯えた。

「賭場に入り浸り、借金を作っている事を父親の旦那に知られたくなかったら二十両だぜ」

岸田数馬は、若旦那に笑い掛けた。

「に、二十両……」

「ああ。出来ないとなれば……」

「わ、分かった。今は……」

若旦那は、財布から三両の金を取り出した。

「此(これ)しかない。残りの十七両は今夜、いや、明日の夜、長兵衛の貸元の橋場(はしば)の賭場で渡す」

若旦那は頼んだ。

「よし。約束を違(たが)えると、旦那に報せる迄だ」

岸田数馬は、嘲りを浮かべた。

「分かった。必ず……」

若旦那は、喉を鳴らして頷いた。

「よし。ならば、明日の夜な……」

岸田数馬は、若旦那の差し出した三両を懐(ふところ)に入れ、猪吉と共に浅草広小路の雑踏に戻り始めた。

猪吉は続いた。

若旦那は、憎悪を込めた眼で見送った。

「兵庫さま……」

新八は、指示を仰いだ。

「岸田から眼を離すな」

兵庫は命じた。

「心得ました」

新八は、岸田数馬と猪吉を追った。

「兵庫の父上……」

京之介は、戸惑いを浮かべた。

「京之介さま、他人の弱味に付け込んだ強請(ゆすり)です」

「強請ですか……」

京之介は呆然とした。

「岸田数馬、あれが本性なのか、それとも仇討ちの虚しい旅がそうさせてしまったのか……」

兵庫は眉をひそめた。

三

夕暮れ。

町には家路を急ぐ人々が行き交い、明かりが灯され始めていた。

兵庫は、京之介を向島の江戸下屋敷に送り、浅草山之宿町の桂井東伯の家に向かった。

京之介は、岸田数馬が強請を働くのを目の当たりにし、驚き、混乱し、肩を落とし、口数も少なく下屋敷に帰って行った。

云いようのない衝撃……。

兵庫は、京之介の胸の内を推し量った。


桂井東伯の家は戸締まりがされ、明かりも灯されていなかった。

討手の岸田数馬が現れ、逸早く逃亡したのか……。

兵庫は読んだ。

それにしても、桂井東伯こと筧平八郎は、どうして岸田数馬の父の監物を斬り棄てたのか……。

兵庫は、桂井東伯から理由を聞きたかった。

だが、留守なら仕方がない……。

兵庫は、帰ろうとした。

刹那、小さな音が鳴った。

うん……。

兵庫は、怪訝な面持ちで振り返った。

風呂敷包みを抱えた百姓姿の中年男が、桂井東伯の家の裏に続く路地から出て来た。

兵庫は、素早く物陰に隠れた。

誰だ……。

兵庫は見守った。

百姓姿の中年男は、風呂敷包みを抱えて辺りを見廻した。そして、不審な者や不審な事がないのを見定め、浅草寺の東門の方に急いだ。

よし……。

兵庫は、百姓姿の中年男を追った。

百姓姿の中年男は、風呂敷包みを抱えて浅草寺東門前から北馬道町に進んだ。

兵庫は尾行た。

何処に行く……。

その行き先に、桂井東伯がいるのか……。

兵庫は、百姓姿の中年男の後ろ姿を見詰めながら浅草寺の裏を西に向かった。

浅草寺裏の北には吉原があり、その間の田畑の中の田舎道(いなかみち)は入谷に続いていた。

大禍時(おおまがとき)の青黒さは、緑の田畑を覆(おお)った。

百姓姿の中年男は、風呂敷包みを抱えて田舎道を足早に進んだ。

兵庫は尾行た。

田舎道の先には、明かりの灯された百姓家があった。

百姓姿の中年男は、田舎道から畦道(あぜみち)に曲がって明かりの灯されている百姓家に入って行った。

兵庫は見届け、百姓家の裏手に廻った。

百姓家には垣根が巡らされていた。

兵庫は、垣根越しに百姓家の座敷を窺った。

明かりの灯された座敷には、蒲団に寝かされた中年女と初老の医者の姿があった。

桂井東伯……。

兵庫は、初老の医者が桂井東伯だと見定めた。

百姓姿の中年男が幼い女の子を連れて、風呂敷包みを持って座敷に入って来た。

桂井東伯は、風呂敷包みを受け取り、中から様々な薬草と薬研（やげん）を取り出した。

兵庫は見守った。

桂井東伯は、様々な薬草を千切って薬研で砕き始めた。

病の中年女の往診をしている桂井東伯……。

東伯は、病の中年女の診察をし、必要な薬草と薬研を亭主の百姓に取りに行かせたのだ。

討手の岸田数馬に見付かるのを恐れ……。

兵庫は読んだ。

桂井東伯は、真剣な面持ちで薬草を調合して百姓の亭主に煎（せん）じるように命じた。

亭主は、薬草を煎じに座を立った。

桂井東伯は、中年女の額の汗を拭ってやり、看病をした。

幼い女の子は、病の中年女の枕元に座って心配そうに手を握っていた。

桂井東伯は立ち上がり、部屋の障子と雨戸を閉めた。

兵庫は、吐息を洩らした。

桂井東伯は、逃げたのではなく、百姓の女房の往診に詰めていたのだ。

兵庫は、桂井東伯の人柄を知った。


賭場は、盆茣蓙を囲む客の熱気と煙草の煙に満ちていた。

岸田数馬は、呉服屋の若旦那から強請り取った金で博奕打ちの猪吉と酒を飲んだ後、賭場にやって来て博奕を楽しんでいた。

新八は、次の間で酒を飲む振りをしながら岸田数馬を見張った。

陸でなし……。

新八は、岸田数馬に腹立たしさを覚えずにはいられなかった。

夜は更けていく。


陽が昇った。

百姓家の台所では、亭主の百姓と幼い女の子が朝餉の仕度をしていた。

兵庫は、百姓家の裏手に廻った。


百姓家の座敷では、桂井東伯が雨戸を開けていた。

兵庫は、垣根の陰から窺った。

桂井東伯は、垣根の陰の兵庫に気が付いたのか、雨戸を開ける手を止めた。

気付かれた……。

兵庫は、思わず身構えた。

だが、桂井東伯は何事もなかったかのように雨戸を開け終えて、病の中年女の診察を始めた。

中年女は、桂井東伯と言葉を交わしていた。

病は少し良くなったようだ……。

兵庫は読んだ。

幼い女の子がやって来た。

「先生、朝御飯だよ」

幼い女の子は告げた。

「おお、そうか……」

桂井東伯は頷き、寝ている中年女に声を掛けて座敷から出て行った。

中年女は、身を起こして見送った。

「おっ母ちゃん……」

幼い女の子は、嬉しげに中年女に抱きついた。

「良い子だったね、おたま……」

中年女は微笑み、幼い女の子を抱き締めた。

どうやら、桂井東伯が処方した薬が効いたようだ。

良かった……。

兵庫は、何故か安堵を覚えた。


僅かな刻が過ぎた。

兵庫は、背後に感じた人の気配に振り返った。

桂井東伯が佇んでいた。

やはり、気付かれていた……。

兵庫は苦笑した。

「上田藩の者か……」

桂井東伯は、兵庫を見据えた。

「違う……」

兵庫は笑い掛けた。

「違う……」

東伯は眉をひそめた。

「私は黒木兵庫、水戸藩の者だ」

兵庫は名乗った。

「水戸藩の黒木兵庫……」

「如何(いか)にも……」

「その黒木兵庫どのが私を見張るのは、岸田数馬に頼まれての事ですかな」

東伯は、探りを入れた。

「違います。私の主筋(しゅうすじ)の若者が浅草寺境内で仇討ち騒ぎを見ましてな。以来、どうなったかと気にされていましてね」

兵庫は告げた。

「それで、私を見張っていましたか……」

「申し訳ない」

兵庫は、率直に詫びた。

「いや。詫びるには及びませんよ」

東伯は苦笑した。

「東伯どの……」

「黒木どの、私は討手の岸田数馬の申す通り、元上田藩家中の筧平八郎です」

東伯は、己の素性を明かした。

「やはり。して、何故に岸田数馬の父親の監物どのを斬られたのですか……」

兵庫は尋ねた。

「既に十年が過ぎた昔の話です……」

東伯は、昔を思い出すように遠くを眺めた。

「岸田監物どのは上田藩郡奉行で、私はその配下の組頭を務めていました。で、私と揉め事となり、私は心ならずも岸田監物どのを斬り棄て、上田藩から逐電したのです」

東伯は、懐かしそうに語り始めた。

「揉め事とは……」

兵庫は訊いた。

「それは……」

東伯は、言葉を濁した。

「云えませぬか……」

「ええ……」

「東伯どの。それは岸田監物どのを庇っての事ですか……」

兵庫は読んだ。

「いいえ、違います。私が岸田監物どのを斬った理由を明らかにしてしまえば……」

東伯は云い澱んだ。

「困る人がいますか……」

兵庫は睨んだ。

「黒木どの……」

東伯は、兵庫を見詰めた。

「桂井東伯どの、いや、筧平八郎どの。仇として討たれる覚悟なら、上田藩に拘わりのない者に事実を話しておくのも面白いじゃありませんか……」

兵庫は笑い掛けた。

「面白いですか……」

東伯は苦笑した。

「ええ。長い生涯で擦(す)れ違(ちが)った縁もゆかりもない者だけが、知っている事実……」

兵庫は告げた。

「擦れ違った縁もゆかりもない者ですか……」

「ええ……」

兵庫は頷いた。

「確かに面白いかもしれませんな……」

東伯は頷いた。

「筧どの……」

「黒木どの。郡奉行の岸田監物どのは、組下の者に泊まり掛けの山検(やまあらた)めを命じ、留守宅を訪れては妻女を手込めにしておりましてね」

東伯は、淡々と告げた。

「何ですと……」

兵庫は眉をひそめた。

「私はそれに気が付き、諫言しました」

「ですが、岸田監物どのは諫言を聞かず、争いになりましたか……」

「左様。そして斬り合いになり……」

「斬り棄てた……」

「ええ。藩に出頭すれば、斬り棄てた理由を話さなければならない。そして、岸田監物どのに手込めにされた御妻女たちの名を明かさなければなりません」

「ならば、筧どのは手込めにされた御妻女たちを庇って……」

兵庫は読んだ。

「私は未だ死にたくなかった。それ故に上田藩から逐電しました。私は卑怯な未練者ですよ……」

東伯は、己を嘲るような笑みを浮かべた。

「筧どの……」

「逐電して十年。私は岸田監物どのの倅の数馬が仇討ちの旅に出たと風の噂に聞き、諸国を逃げ廻りました」

「諸国を……」

「ええ。ですが、疲れ果てました。それで五年前、逃げるのを止め、郡奉行所組頭として山を歩き廻った時に身についた薬草の知識を元に桂井東伯と名乗り、町医者になったんです」

東伯は苦笑した。

「成る程、良く分かりました」

兵庫は微笑んだ。

「それで黒木どの。岸田数馬は私を捜しているんでしょうね」

東伯は読んだ。

「時々、山之宿町のお宅を覗きに行っているようですが……」

「私が往診で出掛けていて留守でしたか……」

「ええ。それで、暇に飽かせて強請に博奕……」

「強請に博奕……」

東伯は眉をひそめた。

「ええ……」

兵庫は頷いた。

「岸田数馬、十年にも亘る長い仇討ちの旅に疲れ果てたのでしょうな」

東伯は、岸田数馬を哀れんだ。

「そうかもしれませんね……」

兵庫は、東伯の岸田数馬に対する哀れみを知った。

「して、どうします。再び逃亡の旅に出ますか……」

「逃亡旅はもう沢山です」

東伯は、淋しげに笑った。

「ならば……」

兵庫は、厳しさを過らせた。

微風が吹き抜け、木洩れ日が揺れた。

四

「して、岸田数馬、昨夜はどうしていた」

兵庫は、新八に尋ねた。

「はい。呉服屋の若旦那から強請り取った金で酒を飲み、橋場にある長兵衛の賭場で遊んでいましたよ」

新八は、腹立たしげに報せた。

「そうか……」

「はい。で、兵庫さま、桂井東伯さんはいましたか……」

「うむ。桂井東伯、入谷の百姓のおかみさんが病になり、泊まり込みで治療をしていたよ」

「泊まり込みで……」

新八は、桂井東伯の真摯さに感心した。

「で、おかみさん、病は何とか治ったようだ」

「そいつは良かった」

「うむ。して、新八。岸田数馬が遊んでいた賭場、今夜、呉服屋の若旦那から強請の残りの金を貰う手筈の賭場か……」

「はい。貸元長兵衛の橋場の賭場は、正徳寺の家作しかありませんので、きっと……」

「そうか……」

兵庫は、新八の読みに頷いた。

「ええ……」

「よし、新八。引き続き、岸田数馬を見張ってくれ」

「心得ました」

「岸田数馬、呉服屋の若旦那から金を受け取るのは、橋場の正徳寺の賭場か……」

兵庫は、楽しそうな笑みを浮かべた。

水戸藩江戸下屋敷の奥庭には、京之介の気合いと木刀の打ち合う音が響いていた。

「京之介さま、今日は此迄です」

兵庫は木刀を引いた。

「はい……」

京之介は、木刀を引いて弾んだ息を整えた。

「ならば、私はお眉の方さまに御挨拶に参りますので……」

「うん。着替えて直ぐに行く」

京之介は、足早に立ち去った。

兵庫は、お眉の方の許に急いだ。

「して、兵庫どの。桂井東伯ことと筧平八郎どのが岸田監物どのを斬った理由、分かったのですか……」

お眉の方は眉をひそめた。

「はい。岸田監物が悪事を働き、筧平八郎が諫言したのですが、揉めて斬り合いとなったそうです」

兵庫は、簡単に告げた。

「そうでしたか……」

お眉の方は頷いた。

「はい……」

兵庫は、お眉の方を見詰めて頷いた。

お眉の方は、兵庫が岸田監物の悪事を詳しく語らないのは、それなりの理由があっての事だと読んだ。

「お待たせ致しました」

京之介がやって来た。

「お稽古、御苦労でした」

お眉の方は労った。

「はい……」

「京之介。兵庫どのが調べた限り、非は斬られた岸田監物にあり、筧平八郎に非はないそうですよ」

お眉の方は告げた。

「母上。兵庫……」

京之介は眉をひそめた。

「お眉の方さまの仰る通りにございます」

兵庫は頷いた。

「そうですか……」

京之介は、肩を落とした。

「京之介。仇討ちは傍（はた）から見るだけでは分からないものですね」

お眉の方は、京之介を静かに諭（さと）した。

「は、はい。ならば兵庫、仇討ちはどうなるのですか……」

京之介は、不服そうに尋ねた。

「どうなるかは分かりませんが、仇討ちは続きます」

兵庫は告げた。

「そうですか。世の中は分からない事ばかりですね」

京之介は、苛立ちを過らせた。

「はい……」

兵庫は頷いた。


浅草橋場町にある正徳寺は、本堂の屋根を夕陽に輝かせていた。

正徳寺の裏門は、博奕打ちの貸元長兵衛配下の三下たちが警戒し、賭場を訪れる客を迎えていた。

お店の隠居、旦那、職人、若い武士、遊び人、浪人……。

賭場には、様々な客が集まって来ていた。

兵庫は、裏門近くの物陰から岸田数馬や呉服屋の若旦那が来るのを見張っていた。

呉服屋の若旦那は、足早にやって来て正徳寺の裏門を入って行った。

兵庫は見届けた。

残るは岸田数馬……。

兵庫は、岸田数馬が来るのを待った。

岸田数馬は、猪吉と今戸町の貸元長兵衛の家を出て一膳飯屋で酒を飲み、橋場町の正徳寺の賭場に向かった。

新八は、岸田数馬と猪吉を追った。

岸田数馬と猪吉は、正徳寺の古い土塀沿いの路地に曲がった。

正徳寺の裏手に人影はなかった。

岸田数馬と猪吉は、古い土塀沿いに裏門へと歩いて来た。

来た……。

兵庫は気が付いた。

三人の浪人が、正徳寺の裏門から出て来た。そして、岸田数馬と猪吉の二人と擦れ違った。

刹那、擦れ違い態(ざま)に浪人の一人が抜き打ちの一刀を放った。

猪吉が腹を横薙ぎに斬られ、血を飛ばして倒れた。

岸田数馬は驚いた。

兵庫と新八は、眼を瞠(みは)った。

残る二人の浪人が、岸田数馬に猛然と斬り掛かった。
岸田数馬は、咄嗟に躱して刀を抜いた。
三人の浪人は、構わず岸田数馬に斬り掛かった。
岸田数馬は、必死に応戦した。
兵庫は、裏門の陰から呉服屋の若旦那が覗いているのに気が付いた。
三人の浪人は若旦那に雇われた刺客……。
兵庫は読んだ。
次の瞬間、岸田数馬が袈裟懸けに斬られて大きく仰け反って倒れた。
兵庫は、地を蹴った。
三人の浪人は、倒れた岸田数馬に止めを刺そうとした。
刹那、兵庫が跳び込み、胴田貫を一閃した。
一人の浪人が肩を斬られて倒れ、残る二人の浪人が怯んだ。
兵庫は、倒れた岸田数馬を庇って胴田貫を構えた。
「おのれ、邪魔するな……」
浪人たちは怒鳴った。
「呉服屋の若旦那に雇われたか……」

兵庫は、裏門の陰にいる若旦那を一瞥（いちべつ）した。
若旦那は、慌てて逃げようとした。
新八が現れ、若旦那を殴り飛ばした。
若旦那は、気を失って倒れた。
「お、おのれ……」
二人の浪人は、狼狽（うろた）えながらも兵庫に斬り掛かった。
兵庫は、二人の浪人と鋭く斬り結んだ。
胴田貫が風を鳴らして閃（ひらめ）いた。
浪人の一人の刀が両断され、鋒（きっさき）が煌（きら）めきながら飛んだ。
「未だ、やるか……」
兵庫は、浪人たちを鋭く見据えた。
浪人たちは後退（あとずさ）りし、身を翻（ひるがえ）した。
兵庫は、胴田貫に拭いを掛けて鞘に納め、倒れている岸田数馬に駆け寄った。
「岸田……」
兵庫は、岸田数馬の容態を診（み）た。
岸田数馬は、幾つもの手傷を負い、袈裟懸けに斬られて気を失っていた。

新八が駆け寄って来た。

「どうですか……」

「袈裟懸けに斬られている。深手だ」

「どうします」

新八は、兵庫に指示を仰いだ。

「山之宿の桂井東伯の家に担ぎ込む」

兵庫は命じた。

「桂井東伯さんの家に……」

新八は眉をひそめた。

「うむ……」

兵庫は頷いた。


兵庫と新八は、気を失っている岸田数馬を蒲団に横たえた。

「岸田数馬……」

桂井東伯は、岸田数馬を見詰めた。

「うむ。おぬしを父の仇と狙っている岸田数馬。悪行を恨まれ、袈裟懸けに斬られて虫の息だ。手当てをしても助からぬかもしれぬ……」

兵庫は、気を失って微かな息をしている岸田数馬を示した。

桂井東伯は、岸田数馬の傍に座って容態を診た。

岸田数馬は、微かに気を取り戻し、桂井東伯が覗き込んでいるのに気が付いた。

「お、お前は……」

岸田数馬は、掠れた声を洩らし、顔を苦しく歪めて再び気を失った。

桂井東伯に哀れみが過った。

「討手の岸田数馬、生かすも殺すもおぬしの勝手……」

兵庫は告げた。

「黒木どの、湯を沸かし、家中の燭台と行燈を持って来て火を灯してくれ」

桂井東伯は、覚悟を決めた。

「寛平八郎どの……」

兵庫は眉をひそめた。

「助けてやる。私は町医者の桂井東伯として、父の仇と狙う討手の岸田数馬を何としてでも助けてやりますよ」

桂井東伯は苦笑した。
「そうですか。よし、新八、湯を沸かせ。俺は燭台と行燈を集める」
兵庫は命じた。
集められた燭台と行燈に火が灯され、岸田数馬の傷だらけの裸体が照らされた。
桂井東伯は、袈裟に斬られた傷口を湯と酒で丁寧に洗い、手当てを始めた。
兵庫と新八は手伝った。
桂井東伯は慎重に、そして手際良く、手当てを進めて行った。
兵庫と新八は見守った。
火が灯された燭台の一つが、じりじりと小さな音を鳴らした。
刻が過ぎた。
桂井東伯は、傷口を手際良く縫い、化膿止めの軟膏を塗り、晒布を巻いた。
そして、熱冷ましの薬湯を飲ませた。
「出来るだけの事はした」
桂井東伯は、吐息混じりに告げた。

「後は岸田数馬の生きようとする力か……」

兵庫は、眠っている岸田数馬を見下ろした。

「左様……」

桂井東伯は頷いた。

「兵庫さま。岸田数馬、助かると仇討ちを続けるかも……」

新八は、不安を過らせた。

「その時はその時……」

桂井東伯は淡々と告げた。

「東伯どの。返り討ちにするもしないも、おぬしの腹一つ……」

兵庫は、桂井東伯を見据えた。

「黒木どの、己が助けた命を粗末する医者はいない……」

桂井東伯は笑った。

屈託(くったく)のない笑いだった。

「東伯どの……」

兵庫は微笑んだ。

金龍山浅草寺は賑わっていた。

「それで、兵庫の父上。岸田数馬は助かったのですか……」

京之介は、団子を手にして尋ねた。

「はい。桂井東伯さんの手当ての甲斐があって、どうにか……」

兵庫は、茶を飲んだ。

「そうですか。桂井東伯こと筧平八郎は、自分を父親の仇として討とうとしていた岸田数馬を助けたのですか……」

京之介は、微かな困惑を過らせた。

「ええ。手当てをせず、岸田数馬が死ねば、仇と追われる事もなくなるのですがね」

兵庫は苦笑した。

「ええ……」

京之介は頷いた。

「桂井東伯、岸田数馬の手当てをすると決めた時、筧平八郎として討たれる覚悟をしたのでしょう」

「討たれる覚悟……」

「ええ……」

兵庫は頷いた。

「それで、助かった岸田数馬、どうしたんですか……」

「桂井東伯さんが往診に行っている間に姿を消したそうです」

兵庫は告げた。

「姿を消した……」

京之介は眉をひそめた。

「ええ。岸田数馬、流石に命を助けてくれた桂井東伯を斬れなかったのでしょう」

兵庫は睨んだ。

「でも、仇を討たない限り、上田の国許には帰れないのじゃあ……」

「岸田数馬は、上田に帰らないのかもしれないし、武士を棄てたのかもしれませんん」

「そんな……」

兵庫は読んだ。

京之介は、戸惑いを浮かべた。

「京之介さま、岸田数馬の腹の内は良く分かりません。只一つ云える事は、岸田数馬、仇討ちの虚しさに気付いたのかも……」

兵庫は、岸田数馬の腹の内を推し量った。

「仇討ちの虚しさ……」

京之介は、境内を行き交う参拝客を眺めた。

「ええ……」

兵庫は頷いた。

「じゃあ、桂井東伯は……」

「桂井東伯どのは既に寛平八郎と云う武士を棄て、町医者として暮らしています。此からも浅草山之宿町で、ずっと。岸田数馬がいつ戻って来てもいいように……」

兵庫は笑った。

浅草寺の境内は、観音さまの参拝に来た人々で賑わっていた。

この作品は双葉文庫のために書き下ろされました。

双葉文庫

ふ-16-68

新・御刀番 黒木兵庫【二】
無双流介錯剣

2025年4月12日　第1刷発行

【著者】
藤井邦夫
©Kunio Fujii 2025
【発行者】
箕浦克史
【発行所】
株式会社双葉社
〒162-8540 東京都新宿区東五軒町3番28号
［電話］03-5261-4818(営業部)　03-5261-4868(編集部)
www.futabasha.co.jp(双葉社の書籍・コミックが買えます)
【印刷所】
中央精版印刷株式会社
【製本所】
中央精版印刷株式会社

【フォーマット・デザイン】
日下潤一

落丁・乱丁の場合は送料双葉社負担でお取り替えいたします。「製作部」宛にお送りください。ただし、古書店で購入したものについてはお取り替えできません。［電話］03-5261-4822(製作部)

定価はカバーに表示してあります。本書のコピー、スキャン、デジタル化等の無断複製・転載は著作権法上での例外を除き禁じられています。本書を代行業者等の第三者に依頼してスキャンやデジタル化することは、たとえ個人や家庭内での利用でも著作権法違反です。

ISBN978-4-575-67240-4 C0193
Printed in Japan

藤井邦夫
新・知らぬが半兵衛手控帖
曼珠沙華（まんじゅしゃげ）
時代小説〈書き下ろし〉
藤井邦夫の人気を決定づけた大好評の「知らぬが半兵衛手控帖」シリーズ。その続編が4年ぶりに書き下ろし新シリーズとしてスタート！

藤井邦夫
新・知らぬが半兵衛手控帖
思案橋（しあんばし）
時代小説〈書き下ろし〉
楓川に架かる新場橋傍で博奕打ちの猪之吉が死体で発見された。探索を始めた半兵衛の前に猪之吉の情婦の家の様子を窺う浪人が姿を現す。

藤井邦夫
新・知らぬが半兵衛手控帖
緋牡丹（ひぼたん）
時代小説〈書き下ろし〉
奉公先で殺しの相談を聞いたと、見知らぬ娘が半兵衛を頼ってきた。五年前に死んだ鶴次郎の半纏を持って……。大好評シリーズ第三弾！

藤井邦夫
新・知らぬが半兵衛手控帖
名無し（ななし）
時代小説〈書き下ろし〉
殺しの現場を見つめる素性の知れぬ老人。後を追った半兵衛に権兵衛と名乗った老爺は何を隠しているのか。大好評シリーズ待望の第四弾！

藤井邦夫
新・知らぬが半兵衛手控帖
片えくぼ
時代小説〈書き下ろし〉
音次郎が幼馴染みのおしんを捜すと、おしんは思わぬ事件に巻き込まれていた……。粋な人情裁きがますます冴える、シリーズ第五弾！

藤井邦夫
新・知らぬが半兵衛手控帖
狐の嫁入り
時代小説〈書き下ろし〉
行方知れずだった薬種問屋の若旦那が嫁を連れて帰ってきた。その嫁、ゆりに不審な動きが。知らん顔がかっこいい、痛快な人情裁き！

藤井邦夫
新・知らぬが半兵衛手控帖
隠居の初恋
時代小説〈書き下ろし〉

吟味方与力・大久保忠左衛門の友垣が年甲斐もなく、後家に懸想しているかもしれない。連れ立って歩く二人を白縫半兵衛が尾行ると……。

藤井邦夫
新・知らぬが半兵衛手控帖
戯け者（たわけもの）
時代小説〈書き下ろし〉

昼間から金貸し、女郎屋、賭場をめぐる。旗本の部屋住みの、絵に描いたような戯け者を尾行た半兵衛たちは、その隠された意図を知る。

藤井邦夫
新・知らぬが半兵衛手控帖
招き猫
時代小説〈書き下ろし〉

ある晩、古い茶店に何者かが忍び込み、床下に大きな穴を掘っていった。何も盗まず茶店を後にした者の目的とは⁉ 人気シリーズ第九弾。

藤井邦夫
新・知らぬが半兵衛手控帖
再縁話
時代小説〈書き下ろし〉

臨時廻り同心の白縫半兵衛に、老舗茶道具屋の出戻り娘との再縁話が持ち上がった。だが、その茶道具屋の様子を窺う男が現れ……。

藤井邦夫
新・知らぬが半兵衛手控帖
古傷痕（ふるきず）
時代小説〈書き下ろし〉

顔に古傷のある男を捜す粋な形の年増女。湯島天神の奇縁氷人石に託したその想いとは⁉ 人気時代小説、シリーズ第十一弾。

藤井邦夫
新・知らぬが半兵衛手控帖
一周忌
時代小説〈書き下ろし〉

愚か者と評判の旗本の倅・北島右京が姿を消した。さらに右京と連んでいた輩の周辺には総髪の浪人の影が……。人気シリーズ第十二弾。

藤井邦夫
新・知らぬが半兵衛手控帖
偽坊主
時代小説〈書き下ろし〉
質屋や金貸しの店先で御布施を貰うまで経を読み続ける托鉢坊主。怒鳴られても読経をやめぬ坊主の真の狙いは？　人気シリーズ第十三弾。

藤井邦夫
新・知らぬが半兵衛手控帖
天眼通（てんがんつう）
時代小説〈書き下ろし〉
往来で馬に蹴られた後、先の事を見透す不思議な力を授かった子守娘のおたま。奉公先の隠居が侍に斬られるところを見てしまい……。

藤井邦夫
新・知らぬが半兵衛手控帖
埋蔵金
時代小説〈書き下ろし〉
埋蔵金騒動でてんやわんやの鳥越明神。そんな中、境内の警備をしていた寺社方の役人が殺害された。知らん顔の半兵衛が探索に乗り出す。

藤井邦夫
新・知らぬが半兵衛手控帖
隙間風
時代小説〈書き下ろし〉
藪医者と評判の男を追いまわす小柄な年寄りがいた。その正体は盗人〈隙間風の五郎八〉。北町同心の白縫半兵衛は不審を抱き探索を始める。

藤井邦夫
新・知らぬが半兵衛手控帖
律義者
時代小説〈書き下ろし〉
旗本成島家当主の平四郎が嫡男の元服後に姿を消した。白縫半兵衛が探索を開始すると、平四郎の朋友がある女の行方を追い始める。

藤井邦夫
新・知らぬが半兵衛手控帖
お多福
時代小説〈書き下ろし〉
欲に目がくらんで大金を騙し取られた小間物屋の主・宗兵衛の身に降りかかった災難。同心の白縫半兵衛がその仕掛け人を追う！

藤井邦夫
新・知らぬが半兵衛手控帖
出戻り
時代小説〈書き下ろし〉
大店の一人娘と働き者で評判の若き奉公人。人目を忍ぶ二人の仲は道ならぬ恋か、それとも勾引しか⁉ 白縫半兵衛の人情裁きが冴える！

藤井邦夫
新・知らぬが半兵衛手控帖
守り神
時代小説〈書き下ろし〉
野菜売りの百姓を脅す若侍の前に、初老の浪人が立ちはだかった。強請集りを繰り返す若侍の周辺に頻繁に姿を現す浪人者の正体とは⁉

藤井邦夫
新・知らぬが半兵衛手控帖
金貸し
時代小説〈書き下ろし〉
昌平橋の袂で金貸しと取立屋が斬殺された。探索を始めた半兵衛は、金貸しが保管していた証文の中に、ある武家の名前を見つけるが――。

藤井邦夫
新・知らぬが半兵衛手控帖
古馴染
時代小説〈書き下ろし〉
小間物屋の一人娘で、小町娘と評判のおゆきが姿を消した。半兵衛が探索を開始すると、おゆきの無事を知らせる結び文が投げ込まれ――。

藤井邦夫
新・知らぬが半兵衛手控帖
影の男
時代小説〈書き下ろし〉
博奕打ちの死体が真夜中の妻恋稲荷で見つかった。同心の白縫半兵衛は、境内から立ち去った頬被りの男「弥七」を捜し始めたのだが――。

藤井邦夫
新・御刀番 黒木兵庫
無双流仕置剣
時代小説〈書き下ろし〉
水戸藩の江戸藩邸に不穏な動きあり――。藩主斉脩の側室の子・京之介の許に現れた、時の老中水野忠成の懐刀・土方縫殿助の狙いとは？

“御刀番”シリーズ エピソード0（ゼロ）

御刀番 黒木兵庫

『無双流逃亡剣（のがれけん）』

重版出来！

生きるか死ぬか
かりそめ父子、
修羅の道行き

全国書店にて絶賛発売中！

裏柳生の標的は、水戸藩主斉脩の庶子・虎松。
水戸から江戸へ三十里、御刀番黒木兵庫と虎松の逃避行が始まる！

怒濤の長編時代エンターテインメント！